JN093305

短歌文法入門

改訂新版

日本短歌総研 編著

はじめに――本書の特色――

短歌の魅力のひとつに、短歌特有の典雅な文体があります。その文体を使いこなすためには文法の習得が必要になります。多くの場合は高校時代の国語で学びますが、その後はなじみなく過ごすことが多いようです。

一方、短歌との出会いは人によりさまざまですが、短歌との関係が深まるにつれて、「文法再入門」が始まるともいわれます。それまでの知識をベースに、補強していくことが必要となりますが、実作に取り組みながらのことですから、座右の文法書には「体系的」であると同時に「実戦的」であることが求められます。

一般に文法書と言えば古典を解読するために、「読むため」に書かれていますが、本書のめざすところは、古典に擬した典雅な現代の短歌を制作する、いわば「詠むため」の、「言葉を自在に使いきれるようになるため」の文法書です。表現上の具体的な例示が何よりも必要と考えて書かれています。

英文法でも「英文和訳」のときと「英作文」のときでは必要なポイントが根本的に違います。そのような考えから、この本は、実作に強くなるための手立てとして、それぞれの項にふさわしい現代短歌の例歌を七九六首収めました。

現代短歌は現代の事物状況を詠むのですから、平安時代中期の文法をベースにしつつも、ときに、口語のような現代語を取り入れた実戦的な内容でなければ、現代の様相事物を短歌で掬いきれないことも意識しています。逆に、最良の表現を求めれば、上代（奈良時代あたり）の表現についても、同じことがいえます。

そういう問題意識から、いわば定番であった、先行の『短歌文法入門 新版』の主張を守りつつ、編集スタッフで時代の要請に適うための議論を重ね、このたびの改訂新版といたしました。

短歌の実作という場に立って、「こういうときにどうすべきか」という問いに、できるだけ具体的に対処できるように心がけました。「通読」が基本ですが「随所でピンポイントに相互参照できる自在性」も心がけています。「入門書」の本質を守りつつも、実作の必要に応じて踏み込んでいる箇所も間々あります。毛細血管のように全身に隈なく行き渡ることを念じております。

本書により、すぐれた表現を会得されて、みなさまの短歌がいっそう豊かなものになりますよう願ってやみません。もとより、近代・現代の一見すべき名歌燦々の歌集を兼ねています。

日本短歌総研主幹　依田　仁美

目次

五十音図

段＼行	ア行	カ行	サ行	タ行	ナ行	ハ行	マ行	ヤ行	ラ行	ワ行
ア段	あ ア	か カ	さ サ	た タ	な ナ	は ハ	ま マ	や ヤ	ら ラ	わ ワ
イ段	い イ	き キ	し シ	ち チ	に ニ	ひ ヒ	み ミ	い イ	り リ	ゐ ヰ
ウ段	う ウ	く ク	す ス	つ ツ	ぬ ヌ	ふ フ	む ム	ゆ ユ	る ル	う ウ
エ段	え エ	け ケ	せ セ	て テ	ね ネ	へ ヘ	め メ	え エ	れ レ	ゑ ヱ
オ段	お オ	こ コ	そ ソ	と ト	の ノ	ほ ホ	も モ	よ ヨ	ろ ロ	を ヲ

段＼行	ガ行	ザ行	ダ行	バ行	パ行
ア段	が ガ	ざ ザ	だ ダ	ば バ	ぱ パ
イ段	ぎ ギ	じ ジ	ぢ ヂ	び ビ	ぴ ピ
ウ段	ぐ グ	ず ズ	づ ヅ	ぶ ブ	ぷ プ
エ段	げ ゲ	ぜ ゼ	で デ	べ ベ	ぺ ペ
オ段	ご ゴ	ぞ ゾ	ど ド	ぼ ボ	ぽ ポ

ん ン（撥音（はつおん））

つ ツ（促音（そくおん））

第一部　短歌の形式と語法

1 短歌の形式

古代より日本人は短歌で自己の生の感動を抒情的に表現してきました。最初に、はじめて短歌を作る人のために、短歌の形式を簡単にのべます。

短歌は五音と七音の音数をもとに、五・七・五・七・七という、**五句三十一音**の韻律（リズム）をもつ**定型詩**です。

五・七・五・七・七の最初の五音を第一句（または初句）、二番目の七音を第二句、三番目の五音を第三句、四番目の七音を第四句、最後の七音を第五句（または結句）といいます。また、第一句・第二句・第三句の五・七・五を**上の句**、第四句・第五句の七・七を**下の句**といいます。

ひとときに咲く白き梅玄関をいでて声なき花に驚く　佐藤佐太郎

ひとときに（五音）さくしろきうめ（七音）げんかんを（五音）いでてこえなき（七音）はなにおどろく（七音）と五句三十一音で作られています。初句二句でまず白梅の咲いた状態を今の状況を表します。三句から一気に自らの動作と心境を表現しています。結句の直截的な心情の吐露が共感を呼びます。

さくら花幾春かけて老いゆかん身に水流の音ひびくなり　　馬場あき子

さくらばな（五音）いくはるかけて（七音）おいゆかん（五音）みにすいりゅうの（七音）おとひびくなり（七音）と、これも五句三十一音で作られています。上の句で満開に咲くこの桜はいったいどれほどの年月を経ているのだろうと問います。下の句では自らに引き寄せて体重の三分の二を占める水分と桜の根から吸い上げられているだろう水の流れとを呼応させて表現しています。

孤独なる姿惜しみて吊し経し塩鮭も今日ひきおろすかな　　宮　柊二

こどくなる（五音）すがたおしみて（七音）つるしへし（五音）しおざけもきょう（七音）ひきおろすかな（七音）。戦後まもなく発表された作品です。宮はその後「孤独派宣言」という歌論を発表します。食べるのが惜しくてずっと吊るしてあった塩鮭に自らの孤独を投影した作品となっています。結句末尾の「かな」という詠嘆が歌に余韻を生み出しています。

にんじんは明日蒔けばよし帰らむよ東一華の花も閉ざしぬ　　土屋　文明

にんじんは（五音）あすまけばよし（七音）かえらむよ（五音）あずまいちげの（七音）はなもとざしぬ（七音）。「にんじんは明日蒔けばよし」と唐突に言い切り、三句「帰らむよ」は独立した働きをしています。「東一華」は春に咲く白くて可憐な花です。春の早い夕暮れに、東一華も閉じたし「さあ帰ろう」と妻に呼び掛けている光景です。三句が実に効いている歌ということができます。

かにかくに祇園はこひし寝るときも枕の下を水のながるる　吉井　勇

かにかくに（五音）ぎおんはこいし（七音）ぬるときも（五音）まくらのしたを（七音）みずのながるる（七音）。初句「かにかくに」は「あれこれと、何かにつけて」という意です。初句と二句で思いを吐露して、三句以降で、祇園で飲み疲れ、眠りについたときに川の流れる音を聞いたという実体験を見事に表現しています。

以上五首を引用しましたが、すぐれた作品とは五・七・五・七・七の五句三十一音の中で、言葉と言葉がひびき合うことにより、読むものの心をふるわせるのです。

2　短歌の文体

◆短歌の構造

短歌の形式については前節で述べましたが短歌を読んでみるといくつかの文体があることに気づかれると思います。文体といっても、ある時期に言われた「ますらおぶり」とか「たおやめぶり」というような内容的なものでなく、構造上の文体です。少し回り道になりますが、そのあたりから入る方が、興味を持っていただけるはずです。

短歌の文体を一口に言うと、主として**歴史的かなづかい**により、**文語**で書きあらわす三十一音の韻律詩です。そうでない短歌も昨今は少なからずあるので、それはあとで触れます。まず、引例歌を上げながら、短歌を成り立たせている文の組み立てを調べてみます。

父われの手をとり歩む幼子が秋の野花をかがまりてつむ　　中野　菊夫

この短歌は話し言葉ではなく、書き言葉を使っています。特に「われ」や「歩む」「かがまりて」は、「私」「歩く」「かがんで」というよりも、丁寧でもの柔らかい言葉です。

短歌（文）はこのような言葉（単語）を使って詠みます。ではこの短歌にはそれ以外にどんな単語を使っているか見てみましょう。単語を斜線で区切ります。

父／われ／の／手／を／とり／歩む／幼子／が／秋／の／野花／を／かがまり／て／つむ

◆単語は文節を作る

右の「父」「われ」「手」「とり」「歩む」「幼子」「秋」「野花」「かがまり」「つむ」という単語は、それ一語だけで意味を表わします。しかし、その単語だけ並べても意味がばらばらで、一つのまとまった内容を示しません。

「の」「を」「が」「て」という単語は、それ一語だけでは意味がよくわかりません。しかし、「われの」「手を」「幼子が」「秋の」「野花を」「かがまりて」と一つづきにすると、おのおのの意味が関連してきます。

一語だけで意味を表わし、言葉として不自然でない単語を、**自立語**といいます。「父」「歩む」などがそれに当たり、単独で文節を作ります。

自立語に付けて一つづきの意味を表わす単語を、**付属語**といいます。「の」「を」などがそれに当たり、「われの」「手を」などと用いて、**文節**を作ります。

では、この短歌はどんな文節でできているのでしょうか。文節を傍線で示します。

父｜われの｜手を｜とり｜歩む｜幼子が｜秋の｜野花を｜かがまりて｜つむ

傍線で示した各文節が、五・七・五・七・七の五句の中で関連していることがわかります。

他の短歌でも文節の連なり方を調べてみます。

今日もまた郵便くばり疲れ来て唐黍の毛に手を触るらむか　北原　白秋

付属語の「も」「て」「の」「に」「を」「らむ」「か」を、各自立語に付けて傍線で示します。

今日も｜また｜郵便くばり｜疲れ｜来て｜唐黍の｜毛に｜手を｜触るらむか

「また」「郵便くばり」は単独で文節を作る自立語ですから、文節は傍線で示した通りになります。この短歌も、各文節が五・七・五・七・七の五句の中で関連し、文末を、「触れるだろうか」の意味を表わして終了しています。

小鳥きて少女のやうに身を洗ふ木かげの秋の水だまりかな　与謝野晶子

付属語の「て」「の」「やうに」「を」「かな」を、各自立語に付けて傍線で示します。

小鳥｜きて｜少女のやうに｜身を｜洗ふ｜木かげの｜秋の｜水だまりかな

「小鳥」と「洗ふ」は自立語ですから、文節は傍線で示した通りになります。この短歌も、各文節が五・七・五・七・七の五句の中で関連し、文末で感動を表わす「水だまりかな」へ集中して終了しています。

以上三首の説明から、自分の思いを筋道の通ったわかりやすいかたちにまとめ、五・七・五・七・七のリズムにのせるには、文節を正しく作ることが大事だと、おわかりいただけたと思います。

◆主題を示す文節

短歌は自己の心の趣きや発見を三十一音で表現する文芸です。その表現しようとする目標を、**主題**といい、一首の中心に据えます。

主題は、「何が」で示す**主語文節**と、「どうする」「どんなである」「何々だ」で示す**述語文節**で成り立ちます。傍線で主語文節と述語文節を示します。

①何が どうする

父われの手をとり歩む幼子が秋の野花をかがまりてつむ

今日もまた郵便くばり（が）疲れ来て唐黍の毛に手を触るらむか

一首目は「幼子がつむ」になります。二首目は「郵便くばり（が）触るらむか」になります。カッコ内の「が」は省略語です。リズムを重んじる短歌では語をしばしば省略します。

②何が どんなである

なでしこの透きとほりたる紅が日の照る庭にみえて悲しも　佐藤佐太郎

吾が夫と思ひて眼向くる時長き一生の涙ぐましも　河野　愛子

一首目は「紅《くれなゐ》が悲しも」になります。二首目は「一生《ひとよ》の涙ぐましも」になります。

③何が 何々だ

細りゆくおのれの息《いき》をはげます（もの）は有漏《うろ》のいかりとかなしみの類（なり）　坪野　哲久

藤棚の茂りの下の小室《しょうひつ》にわれの独り《ひと》を許す世界（が）あり　宮　柊二

一首目は「はげます（もの）は類（なり）」になります。カッコ内の「もの」「なり」は省略語です。二首目は「世界（が）あり」になります。カッコ内の「が」は省略語です。

三十一音という短い詩型の短歌では、リズムをととのえるためにしばしば語を省略します。

◆修飾語を示す文節

短歌に何を表現するかという目標が定まり、一首の主題が構成できたら、今度は、主題となる主語文節と述語文節の肉付けをします。肉付けとは主語文節・述語文節に対し、具体的な事柄をこまかく加えて描写することです。

父われの手をとり歩む幼子が（主語）秋の野花をかがまりてつむ（述語）

「父われの手をとり歩む」が、主語文節「幼子が」の様子を具体的にこまかく描写している部分です。「秋の野花をかがまりて」が、述語文節「つむ」の行為をくわしく描写している部分です。

このように、主語文節・述語文節に対し、細部をくわしく描写してゆく部分を、**修飾文節**（**修飾語**）といいます。

修飾文節とは前にある文節が後にある文節へ、その意味を修飾して連なる文節です。前にある文節……部分を修飾文節、後にある文節――部分を被修飾文節といいます。

父われの手をとり歩む　幼子が（主語）　秋の野花をかがまりて　つむ（述語）

……と――で修飾文節と被修飾文節を示しました。父われの手をとり歩むはその幼子がどういう幼子なのかを説明（具体化）し、下の句の秋の野花をかがまりては、その幼子が何をどういうふうにしてつむのかを説明（具体化）しています。

この「どんな」「何を」「どういうふうに」という説明（具体化）があってこそ、その情景はいきいきした豊かなものになります。修飾文節の役割はこういうことなのです。

しかし、同じ内容を表わしていても、「秋の野花をかがまりてつむ」と「かがまりて秋の野花をつむ」では、明らかにリズムが違います。例歌はすでにこのリズムのことを計算に入れてこういう順序に組み立てているのです。

また、仮に、「父われの手をとり歩む幼子が」の初句を「父われが手を取り歩む幼子が」と書いても、父（われ）と子が手を取り合う情景の描写にすこしも変わりはないのですが、後者では、「幼子が」のほかに「父われが」を入れたために、内容がぎくしゃくしてしまいます。それはこの短い語句の中に主題をまた一つ作ったからです。韻律も、われが……幼子がと「が」音の重なりによって滑らかではありません。

以上のことから、文節を作る場合には①**簡潔に筋道をよく関連させる**、②**韻律をととのえる**、この二点に注意することの必要性が理解されたと思います。

ところで、修飾文節には、**連体修飾文節**と**連用修飾文節**の二つがあります。字義通り、「体言に連なる修飾」と「用言に連なる修飾」です。この言葉をはじめとして、この後も文法用語がいくつか出てきますが、それらについては、第二部で詳しく述べますので、ここでの理解は、概要をつかむというレベルで十分です。

少し細かく見ましょう。

　父われの手を　　歩む幼子が　　秋の野花を

この……のある文節のすべてが連体修飾語です。いずれも、体言（名詞）に連なっています。この中で注意すべきは「歩む」です。前後はいずれも、助詞「の」に連なっているのに、ここだけは、動詞「歩む」に連なっています。このようは状態の「歩む」を動詞の「連体形」と言います。体言（名詞）に連なるからです。この「連体形」は動詞のほか、形容詞・形容動詞・助動詞にもありますが、それは第二部で述べます。

　手をとり　　野花をつむ　　かがまりてつむ

この……はすべて連用修飾語です。いずれも、用言（ここでは動詞）に連なっています。ここでは、先のふたつはどちらも「とり」「つむ」という動作の対象として、助詞「を」を介して、動詞を修飾していますが、最後の「かがまりて」は動作の状況を表わしています。この「て」は「つ」という助動詞の「連用形」だということをとりあえず覚えておいてください。それは、「つむ」が用言に連なる形だからです。用言は動詞のほか、形容詞・形容動詞も含みますが、この点も、第二部で学ぶことになっています。

なお、これまでの例は「連体修飾語」「連用修飾語」を挙げていますが、その延長線上に「連体修飾文節」「連用修飾文節」があります。文節とは、その中に主語と述語を含む語句をいいます。

なでしこの透きとほりたる 紅が日の照る庭にみえて悲しも

ここでは、「なでしこの透きとほりたる」が連体修飾文節です。この文字列には「なでしこ」という主語と「透きとほる」という述語があり、ひとつの文章として完成しているので「文節」というわけです。そしてその末尾が「たる」という「連体形」で「紅」という体言（名詞）に連なっているので「連体修飾文節」というのです。

ここで、もう一歩踏み込むと、この　　部分の中にも修飾、被修飾の関係は成立していています。余裕のあるときに試してみるのも良いと思います。

◆並立・補助・独立の文節

文節はこの他にも並立文節、補助文節、独立文節というのがあります。

並立文節は、前後二つの文節が対等の関係で連なるとき、その前の文節をいいます。

父 われの手　　いかりと かなしみの類

「父」と「われの」が対等の関係で連なり、「いかりと」と「かなしみの」も対等の関係で連なっています。このように、どちらか一方を切り離すわけにいかない関係にあるものです。

力など望まで弱く美しく生れしままの男にてあれ　岡本かの子

右の短歌の上の句、弱く美しくは「弱く」と「美しく」が対等の関係で連なっています。

補助文節は、前後二つの文節のうち、前の文節が主な意味を表わし、その文節に付けて意味を補うとき、後の文節をいいます。

右の短歌の下の句、男にてあれは「あれ」が「男にて」の補助文節となっています。

独立文節は、他の文節との関係が比較的に密接ではない文節です。

おお歓喜天地響動もす「千人の交響曲」ぞ那智の大瀧　春日いづみ

「おお歓喜」という感嘆の叫びが独立文節です。初句で感動を遺憾なく言い放っています。

この他に呼びかけ、語句を接続する言葉（接続詞）などが独立文節になります。

◆文節の位置と結合

ここまでの説明で、一首は主語文節と述語文節、修飾文節と被修飾文節、そして独立文節などにより組み立てられることがわかりました。では、それらの文節は一首の中でどのような位置を占めて、結合すればよいのでしょうか。

文節の正常な位置は左の通りです。

①主語・述語文節は、ふつう主語文節が前で、述語文節が後に来ます。そして、述語文節は一首の最後に位置し、そこで意味を切ります。

②修飾・被修飾文節は、ふつう修飾文節が前で、被修飾文節が後に来ます。

③独立文節は、ふつう文の最初に来ます。

あはれあはれ山に馳(かけ)りし山の鳥人に喰はれてあとかたもなし　　岡本かの子

この短歌の各文節の位置はどうなっているのでしょうか。

あはれあはれ山に馳りし山の　鳥（が）(主語)　人に喰はれて　あとかたもなし(述語)

「鳥」が「あとかたもなし」という構造で、文節の位置は正常通り直接に結合しています。

さかんなる春の雪解(ゆきげ)にいや果ての柏の古葉いろ深く照る　　窪田章一郎

この短歌の各文節の位置はどうなっているのでしょう。

さかんなる春の雪解にいや果ての柏の古葉（の）いろ（が）深く照る
主語　述語

「さかんなる春の雪解に」は述語文節「照る」の連用修飾文節なので、本来なら、「古葉の」の後に来るのですが、主題を明らかにすることと韻律をととのえるために「いや果ての柏の古葉（の）いろ（が）」の前に置かれているのです。

◆文節の倒置

修飾語を示す文節のところで、「秋の野花をかがまりてつむ」の文節を入れ替えて「かがまりて秋の野花をつむ」としても、修飾語の関係は変わらずに述語の「つむ」へ連なると説明しました。しかしリズムを乱してしまいました。そういう場合、述語の「つむ」を「秋の野花を」の前へ置き変えてみます。「かがまりてつむ秋の野花を」とリズムは七・七となり、結句が強調できます。

このように、正常な文節の位置を変えて、言葉の調子を強めたり、ととのえたりすることを、**文節の倒置**といいます。短歌では文節の倒置をしばしば行ないます。

（1）主語文節を倒置した短歌

うすべにに葉はいちはやく萌えいでて咲かむとすなり**山桜花**　若山　牧水

神が滅び神が創られゆくさまも肯はむか心沈みて**今宵は**　小暮　政次

無為の日はつひの日に似て病室の窓あかく灼く**天の夕映**　上田三四二

木場（きば）すぎて荒き道路は踏み切りゆく**貨物専用線又（また）城東電車**　土屋　文明

四首目の歌は初句か第二句に来るのが正常の位置です。

（2）修飾文節を倒置した短歌

夕山（ゆふやま）の焼くるあかりに笹の葉の影はうつれり**白き障子に**　古泉　千樫

ありありと進む現実を恐れ居り日本最後の**歌よみとして**　小暮　政次

布に汚点（しみ）ある喫茶店に入り来て蠅もわれらも掌（て）を磨る**午後は**　斎藤　史

兵として戦ひたりき憎みつつ人を殺しき**我の二十（はたち）に**　岡野　弘彦

四首目の歌は初句に来るのが正常の位置です。

文節の倒置は、推敲のときに大いに活用できますから、是非とも身に付けてください。

◆文節の省略

三十一音という短い詩型の短歌では、文節の省略・語の省略を行ないます。

(1) 主語文節を省略した短歌

大あそのけぶり北へと流らふる穂すすきの道ゆけども尽きず　佐佐木信綱
草の上にゆるやかに犬を引き廻し与へむとする堅きビスケット　葛原　妙子
わが父のあやぶみしごと何一つ世の表うら知らず過ぎ来し　高安　国世
兵の日を思ひ出でをり北支那に見ざりし青き日本の竹　宮　柊二

短歌は自分自身の感動や心の揺らぎなどを抒情的に表現するため、主語文節の「われ」「わが」「わの」などを省略します。一首目の歌は「ゆけども」、二首目は「引き廻し与へむとする」、三首目は「知らず過ぎ来し」、四首目は「思ひ出でをり」「見ざりし」という述語文節を受ける主語文節は省略し、自身の感情を述べています。

あはれまれ生きじと言はしきどつしりとさびしげもなく死にたまひたり　窪田章一郎
手をのべてわが手とらしぬ今に知る末期(まつご)の別れしたまひしなり　同

述語文節の「言はしき」「死にたまひたり」「とらしぬ」「したまひしなり」を受ける主語文節は省略しています。「言はしき」には尊敬の助動詞「す」の連用形が使われて、口語の「言われた」に相当する敬語表現です。右二首は「亡父哀傷歌」という題の連作の中にありますから省略した主語文節は「父は」です。短歌は一首一首が独立する韻文ですが、このように一つの題で何首かつらねて全体である味わいを出すこともできます。

(2) 付属語を省略した短歌

洗ひ髪吹かれゆく路地に人来ればかまへなき吾が羞(やさ)しき貌す　富小路禎子

天の川白き夜去りて朝風の中なる萩にくれなゐ走る　宮　柊二

行く水の目にとどまらぬ青水沫(あおみなわ)鶺鴒の尾は触れにたりけり　北原　白秋

褐色の牧草畑またぎ立つ虹ふとぶとと今しばしあれ　石川不二子

一首目の歌は「洗ひ髪（が）吹かれゆく」となる助詞の「が」を省略しています。二首目の歌は「天の川（の）白き夜（が）去りて」「くれなゐ（が）走る」となる助詞「の」と「が」を省略しています。

三首目の歌は「青水沫（に）」となる助詞の「に」を省略しています。四首目は「牧草畑（を）またぎ立つ虹（よ）」となる助詞「を」と「よ」を省略しています。

(3) いろいろな語を省略した短歌

鉦たたきほろびるまへの鉦たたき調子みだれて一夜をあかず　坪野　哲久
貧しさに耐へつつ生きて或る時はこころいたいたし夜の白雲　佐藤佐太郎
遠くにて消防車あつまりゆく響き寂しき夜の音と思ひき　尾崎左永子

一首目の歌は秋にチンチンとかすかに美しく澄んだ声で鳴く鉦たたきを詠んでいます。「鉦たたき（が鳴いてゐる）。ほろびるまへの鉦たたき（は一心に）鉦（を）たたき、調子（が）みだれて（も）一夜をあかず（なり）」などとなるカッコ内の語を省略し、「鉦たたき」を初句と第三句に反復してリズムをよくしています。

二首目の歌は「こころ（が）いたいたし」となる「が」を省略し、結句に「夜の白雲」という語句を象徴的に取り合わせています。この方法は俳句で季語を用いるのと同じです。「貧しさに耐えながらも懸命に生きていてある時、心がひどく痛く感じられる。ああ、夜空に白雲が浮かんでいることだ」というように、「夜の白雲」は感動を表わす大切な詩語となっています。

三首目は「消防車（の）あつまりゆく（音が）響き」となる「の」「音が」を省略し、上の句を体言止めにしています。さらに「響き」「寂しき」「思ひき」と「き」音を多用し、響きをよくしています。

文節や語を省略しても文意が通じる場合は極力省略して、リズムをととのえ、響きをよくし、一首を凝縮した表現に工夫します。

◆単文・重文・複文

単文は一首の中に主語文節と述語文節の関係が一回だけ成立するものです。

こころよき刺身の皿の紫蘇(しそ)の実に秋は(主語)俄かに冷えいでにけり(熟語)　長塚　節

立上りつつ沈みつつ青き壜(主語)街川のもなかを流れゆけり(熟語)　高嶋　健一

斑なる日光の中藻のごと女鹿は(主語)織きおもてをあぐる(述語)　葛原　妙子

主語文節と述語文節が一回だけで成り立つ短歌は、主題がきっぱりと表われるため、歌の姿がすっきりします。

重文は一首の中に主語文節と述語文節の関係が、対等の関係で二回以上成立するもので、全体で要旨を表現します。

元日の星ひとつひとつ消えゆきて　水脈（みを）なす雲の空にひろごる　　木俣　修

かなしみは明るさゆゑにきたりけり　一本の樹の翳らひにけり　　前　登志夫

冬苺食ふけだものを思へども　かれら鋭く人を拒まむ　　石川不二子

右は主語文節と述語文節が対等の関係で二回成立しています。三首目は述語文節の「思へども」で受ける主語文節は省略しています。

複文は、一つの文において主語・述語の関係が二回以上あり、それらが対等の関係ではなく、一方が他方に**従属的**であるものを指します。

傘すぼめ梅のあいだを歩みゆく爪ほどの花散らさぬように　　前田　康子

主語文節と述語文節の関係が二回成立しています。上の句が主文節で「（われが）歩みゆく」であり、下の句はそれに従属する文節で「（われ）が散らさぬように」という形で、主文節を修飾しています。このように、述語を修飾して、原因・理由、目的、条件などをあらわす副詞節を含むものを複文といいます。つまり、「散らさぬように」という句が「歩みゆく」という行為の「条件」となってるという意味で「従属的である」というわけです。なお、リズムの関係から主文節と従属文節が倒置されています。

朴の花（主語）白くむらがる（述語）夜明がたひむがしの空に雷は（主語）とどろく（述語）　北原 白秋

主語文節と述語文節の関係が二回成立しています。はじめの「朴の花（が）白くむらがる」は一首全体の修飾文節となる「夜明がた（に）」へ連なります。つまり、「朴の花が群がる夜明けがた」という文節が、その折の状況をそっくり説明して、その状況のもとで「雷はとどろく」ということから、上の句が下の句に「従属的である」というわけです。

親のかほけさやうやくに見いでたる（述語）瞳は（主語）いまだ水のごとしも（述語）　三ヶ島葭子

これも主語文節と述語文節の関係が二回成立しています。はじめの述語文節「見いでたる」を受ける主語文節は省略し、一首全体の主語文節となる「瞳（ひとみ）は」へ連なります。ここでは「親のかほ……見出でたる」までがそっくり「瞳」を形容するための成分となっているので「従属的である」というわけです。これで、おわかりいただけたと思います。

しんしんと雪（主語）ふりし（述語）夜にその指の（主語）あな冷たよと（述語）言ひて寄りしか（述語）　斎藤 茂吉

主語文節と述語文節の関係が三回成立しています。「雪（の）ふりし」は一首全体の修飾文節となる「夜に」を修飾し、「その指のあな冷たよと」は一首全体の述語文節となる「言ひて寄りしか」を修飾します。一首全体の述語文節の「言ひて寄りしか」を受ける主語は省略しています。

複文では一首全体の主語・述語・修飾語の関係を明確にすることがポイントになります。

◆平叙文・疑問文・命令文・感嘆文

短歌には、内容の面から分類した平叙文・疑問文・命令文・感嘆文という種類があります。**平叙文**は肯定・否定を問わず、普通の意味をありのままに述べます。

苦しみて生きつつをれば枇杷(びは)の花(はな)終りて冬の後半となる　　佐藤佐太郎

戯言の如くに吾ら言ひ合ふとも来たる時代をはや疑はず　　近藤　芳美

一首目は自らがおかれた状況に関わらず時は巡ってゆくという生活を表現しています。二首目は思想について考え、議論もし、疑いをもって生きてきたけれども、やってきた時代をもはや疑いはしないと打ち消しています。肯定と否定の意を表わした平叙文です。

連翹の花にとどろくむなぞこに浄(きよ)く不断のわが泉あり　　山田　あき

いつしかに／情をいつはること知りぬ／髭を立てしはその頃なりけむ　石川　啄木
吾れ遂に／餓えて死ぬとも今の世に／反逆の子となりて倒れむ　渡辺　順三

一首目は、早春の冷たい風に枝がしないつつ咲く鮮黄色の連翹は私の心に響き渡る、そこは泉のようだと断定して述べています。二首目は、髭を伸ばしたのは情をいつわるのを知った頃だったろうと過去の事柄を推量して述べています。三首目は、たとえ飢え死にしても今の世の反逆児となって倒れようと自己の決意を表白しています。断定、推量、決意などを述べたものも平叙文です。

疑問文は疑問や質問、反語の意味を表わします。

昼顔のかなた炎えつつ神々の領たりし日といづれかぐはし　小中　英之
暗道のわれの歩みにまつはれる螢ありわれはいかなる河か　前　登志夫
私と同じ瞳を持つ少年よ月桃の花を知っていますか　水門　房子

疑問文には「何」「いづれ」「いか」「誰」「か」「や」など、疑問・質問・反語を表わす言葉を用います。

命令文は命令・禁止・要求・強制・あつらえ・勧誘などの意味を表わします。

格闘技に有効・技あり・教育的指導はないぞ一本を取れ　田島　邦彦
夏は来ぬ大山祇(がみ)よわがためにすずしき風を送らせたまへ　吉井　勇
たゆたへるわが朝夕を振りかへり弱きオポチュニストとなる勿れ　宮　柊二
緑色(りよくしよく)の路面電車の車輌きて終点となる誰もしゃべるな　加藤　治郎
人間はこころのへりに長押(なげし)あれ朱塗りの槍を懸けおくところ　小池　光
一日に「國歌大観」五十遍引く幸せを我に賜へや　さいかち真

命令文にもいくつかのバリエーションがあります。一首目は純然たる命令ですが、四首目は否定の命令形（禁止）です。五首目は人間に対して、「持て」といわずに「あれ」とずらす形にして「もつべきだ」と規範を示すようなニュアンスに転化させています。六首目は、終助詞「や」を伴わせて、話し手がその事態の実現を望む心持をにじませています。

感嘆文は心に深く感じたことを詠嘆することです。

九十九里の波の遠鳴り日のひかり青葉の村を一人来にけり　伊藤左千夫
わたくし事をいふは恥かしき時ながら心悩みて生くるものかも　斎藤　史
こぼれたる鼻血ひらきて花となるわが青年期終りゆくかな　玉井　清弘
あきかぜの中のきりんを見て立てばああ我といふ暗きかたまり　高野　公彦

一首から三首までは文末に感動・詠嘆を表わす語句「来にけり」「生くるものかも」「終りゆくかな」を用いています。四首目は感動を表わす言葉「ああ」と文末を「暗きかたまり」と体言で止めて感動を述べています。

◆個人的な文体

短歌は文芸作品のため作者の個性に応じた独特の文体で書き表わすことができます。

会津八一の一首全体を平仮名を用いる短歌を上げますが、これも韻律を重んじた個人的な文体といえます。また、短歌は句読点など付けないで一行に詠みますが、次のように「、」「。」「・」「」〈〉など付けたり、行を分けたりする短歌があります。これも個人的な文体といえます。

あひ　しれる　ひと　なき　さと　に　やみ　ふして　いくひ　きき　けむ
やまばと　の　こゑ　　会津　八一

葛の花　踏みしだかれて、色あたらし。この山道を行きし人あり　　釈　迢空

さびしくて画廊を出づる画のなかの魚・壺・山羊らみな従へて　　中城ふみ子

またひとり砂の崩るるひそけさに死はありわかち合いし「戦後」を　　近藤　芳美

近頃わたしを不快にさせる言葉たち〈絆〉〈温度差〉〈女を磨く〉　　熊谷　龍子

おほかたの、わかきむすこのするごとき
不孝をしつつ、
父にわかれぬ。　　　　　　　　　　土岐　哀果

句読点を付けたり、行分けにしたりするのは、そこの所で休止や言い切り、リズムの強弱などを指示します。「　」などの記号は視覚を刺激し、間をとり、言葉を強めたりします。引用句に「　」を付ける方法も多くなりました。

明るき晝の　しじまにたれもゐず　ふとしも破璃の壺流涕す　　　　　　葛原　妙子

独自の破調が結句の描写の意外性へと誘っています。

平成二年六月四日天安門広場広闊晴天無風　　　　　　大下　一真

漢字だけの歌もあります。この作品では読み進むにつれて歌意が明らかにされていきます。

わだつみのひかりのうろこきらきらと死にしものらのひしめくまなこ　　　　武藤　雅治

被災地を訪れた折の作、かな表示の中で「死」を浮き立たせています。

第二部　品詞と活用語

言葉の使い方

言葉の最小単位である単語は、その使い方にもとづいて自立語と付属語に別れ、次の十種の品詞に分けます。

◆**自立語**はその語だけで意味を表わし、単独で文節を作る単語です。

Ⅰ**活用のないもの**、Ⅱ**活用のあるもの**、と二種類があります。また、言葉の分類として、**体言**と**用言**があります。名詞を体言と呼び、一方、動詞・形容詞・形容動詞に属する活用する単語を用言と呼びます。体言および体言を含む文節にかかる修飾語を**連体修飾語**と呼び、用言及び用言を含む文節にかかる修飾語を**連用修飾語**と呼びます。（前述）

Ⅰ活用のない自立語

(1) 名詞（体言） 事物の名称や数などを示し、次の六種類があります。

1固有名詞　2普通名詞　3数詞　4代名詞　5形式名詞　6複合名詞

(2) 連体詞 体言（名詞）を修飾し、被修飾語の意味をくわしく定めます。

(3) 副詞 用言（動詞・形容詞・形容動詞の総称）や他の副詞を修飾し、その意味を強めます。

(4) **接続詞**　文節と文節、文と文を結びつけます。
(5) **感動詞**　感動・呼びかけ・返事などを表わします。
Ⅱ活用のある自立語（用言）
(6) **動詞**　事物の動作や存在などを述べて、単独で述語となります。**自動詞と他動詞**があり九種類の活用があります。
(7) **形容詞**　事物の性質や状態を表わし単独で述語となり、二種類の活用があります。
(8) **形容動詞**　事物の性質や状態を表わし単独で述語となり、二種類の活用があります。
◆**付属語は自立語に付けてはじめて文節を作る単語です。**
Ⅰ活用のある付属語
(9) **助動詞**　自立語に付けて種々の意味を添えてその叙述を補います。分類は①意味によるもの、②接続によるもの、③活用によるもの、と三方面から考えられます。
Ⅱ活用のない付属語
(10) **助詞**　自立語に付けて文節前後の関係を示したり、意味を添えたりします。次の六種類があります。
1格助詞　2接続助詞　3係助詞　4副助詞　5終助詞　6間投助詞
次に各品詞について引例歌を上げながら、言葉の使い方について述べます。

名詞

名詞は固有名詞、普通名詞、数詞、代名詞、形式名詞、複合名詞の六種類に分けられます。名詞の主な用法は次の通りです。

（1）「が」「の」「は」「も」などの助詞を伴って主語文節を作る。
（2）「の」「が」「に」「を」などの助詞を伴って修飾文節を作る。
（3）動詞と複合して述語文節を作る。

秋津羽のするどく光る**浜**の**道**死にたる**者**は**口**渇きゐむ　岡野　弘彦
麦秋の**村**すぎしかばほのかなる**火**の**匂ひ**する**旅**の**はじめ**に　安永　蕗子

（1）一首目は「秋津羽」（トンボの羽）と「者」と「口」の三つの名詞が主語文節を作っています。「口が渇きゐむ」とする助詞「が」を省略しています。二首目は主語文節を省略しています。

（2）「浜」「麦秋」「火」「旅」という名詞が他の名詞（体言）の意味をくわしく定める修飾文節を作り、また「道」「村」「はじめ」という名詞が述語の意味をくわしく定める修飾文節を作っています。「道に」「村を」とする助詞「に」「を」は省略しています。

（3）「匂ひ」という名詞が動詞「する」と複合して述語文節を作っています。
名詞は一首の骨組みになる言葉です。主語・述語・修飾文節を正しく作って、助詞の省略や文節の倒置を用いて五・七・五のリズムに乗せましょう。

1 固有名詞

地名・人名など特定の名称を示すのが固有名詞で、短歌によく詠まれます。

ふるさとの**左右口郷**（うばぐちむら）は骨壺の底にゆられてわがかえる村　　山崎　方代

国後島（くなしりとう）見えざるけふの霧ふかき**知床峠**に海つばめとぶ　　鎌田　和子

大洗磯前（いそざき）神社夜のをはり光の蛇が海より来たり　　日高　堯子

地名は特別の読みかたをするためルビを振るとよいでしょう。三首とも固有名詞を一首の中に際立てて詠みこんでいます。

2 普通名詞

やうやくに辛夷（こぶし）の**つぼみ**光る**ころ岐路**越えて湧くわが**悲しみ**は　　長沢　一作

この**春**に待つ**もの**あればふかぶかと**雪**に埋るる**町**の**かなしさ**　　田井　安曇

普通名詞は数限りなくあります。一首目の「つぼみ」「ころ」「岐路（きろ）」「悲しみ」二首目の「春」「もの」「雪」「町」「かなしさ」が普通名詞です。

「悲しみ」「かなしさ」は、形容詞の「かなし」に接尾語「み」「さ」を付けてできた普通名詞です。二首目の結句「町のかなしさ」は「**体言（名詞）止め**」用法で感動を表わします。

そのほかに「匂ひ」「明け」「目覚め」「老い」「はじめ」などは、動詞の「匂ふ」「明く」「目覚む」「老ゆ」「始む」からできた名詞で、普通名詞に準じて扱います。

3 数詞

数詞は数量、または順序を示す言葉です。さらに、接尾語のところで助数詞を説明しますが、数に助数詞の付いた言葉を併せて、数詞といいます。

通夜へゆく若き人群**二つ三つ**見るさへにじむ泪のありつ　三井　ゆき
補助線を**一本**引いて理解する**一首**ありたり　今日の歌会に　三井　修
凍て付ける地下倉庫から担ぎ出す**六十キロ**詰めの砂糖**幾袋（たい）**　いずみ　司
戦後はや**七十二年**、父逝きて**十七年**の思ひ出の淵　古谷　智子

「二つ三つ」「一本」「一首」「六十キロ」「七十二年」「十七年」が数量を表わす数詞で、基数（き）詞ともいいます。「幾袋」は不定の数量を示すため、不定数詞または疑問数詞ともいいます。

4 代名詞

代名詞は事物を直接にさしてその**名前の代わりに用いる言葉**です。人をさしていうものを人称代名詞、事物・場所・方向をさしていうものを指示代名詞といいます。

人称代名詞

季の移り空あきらかに高くあり**我**を尋(と)め来よあきあかねどち　佐藤千代子

降る花はみるみるうちに**君**に積むいよよ手に持つのり弁に積む　藤島　秀憲

サキサキとセロリ噛みいてあどけなき**汝**(なれ)を愛する理由はいらず　佐佐木幸綱

林道の薄暗がりにえご咲きて花降らしゐる**彼の人**もまた　さいかち真

わが未来まだ闘ひの匂ひして標的とならん**誰**と**誰**と**誰**　尾崎左永子

「我(あ)・吾(あ)」「我(われ)」「吾(あれ)」「わ」は自分をさしていう自称です。「君」「あなた」「汝(なれ)」「汝(な)」は自分の相手をさしていう対称です。「彼の人」や「彼」は第三人称で、「我」「汝」以外の第三者を示します。

「誰」は不定称で、その人とはっきりさしていわない場合や名を知らない人にいう場合に使います。「た」「たれ」「だれ」と発音します。

文語で書き表わす短歌では人称代名詞に「吾」「わ」「汝」など古語を用います。口語体の短歌では、現代語の人称代名詞が新鮮です。

逆立ちして**おまへ**が**おれ**を眺めてた　たった一度きりのあの夏のこと　河野　裕子

物事をさす指示代名詞

このくにのことばをにくみまたあいすおぼろめかしく**こ**のしめれるを　坪野　哲久

書にむかう父の猫背の峠にて霧巻くと**そ**を眺めてありき　佐佐木幸綱

からからと颪に釣瓶の鳴るからに**か**のふるさとよ**か**の少年よ　石田比呂志

うらぶれた心は**何**に託そうかそらいろ薄き空の広がる　上野　春子

樹でありし時間と**その**後の観音としての時間と**いずれ**が長き　三井　修

「こ」は近くにある物事をさす近称です。一首目では「この」と助詞「の」を伴って用いています。物事をさす近称指示代名詞は「此」「これ」ですが、「この」として多く用います。

「そ」はやや隔たった物事をさす中称です。物事をさす中称指示代名詞は「其」「それ」ですが、「その」と助詞「の」を伴ってよく用います。

「か」は遠くにある物事をさす遠称です。物事をさす遠称指示代名詞は「彼」「あれ」ですが、

「かの」「あの」と助詞「の」を伴ってよく用います。なお、三首目の「かの少年よ」の「か」は第三者をさしていう遠称の人称代名詞です。

「何」は不明な物事をさしていう不定称の指示代名詞です。他に、どちらの意を表わす「いづれ」「どれ」があります。四首目の「何に」は何か、と疑問の意を表わします。五首目の「いずれ（いづれ）」は複数のうちの一方を問う指示代名詞です。ここでは「いずれ（いづれ）」を受けて「長し」が連体形になっています。

場所をさす指示代名詞

ここに生まれ育ちし日々の幸おもう世代変わりて家建ち変われど　衛藤　弘代

地のうへに浄き晩夏のひかり満ちて**そこ**ゆくは戦時の蟻とは違ふ　滝沢　亘

空間の**いづこ**と見えね風の熄むところ渦まき落葉しづまる　沢口　芙美

はつなつの雨上がる午後**いづく**より湧きて森辺に遊ぶ人らか　田中　薫

「ここ」は身近な場所をさす近称、「そこ」は少し隔たった場所をさす中称です。離れた場所をさす遠称は「あそこ」「かしこ」などです。

「いづこ」「いづく」は不明の場所をさす不定称の指示代名詞です。

方向をさす指示代名詞

話しをはり**此方**と**彼方**いちやうに電話のこゑを打ちなびかせり　森岡　貞香
見はるかす湖(うみ)の**あなた**の空を指し姿ましろに佇つ伊吹山　来嶋　靖生
抑圧の**かなた**にまろき丘ありてダダダダダダダダダと一日(いちにち)　岡井　隆

「こなた」は自分に近い方向をさす近称です。「あなた」「かなた」は遠く離れた方向をさす遠称です。他に「あち」「あちら」があります。

5 形式名詞

形式名詞とは「こと」「もの」「ため」「ゆゑ」「とき」「まま」などの言葉が必ず他の語句について、まとまった意味を表わしながら全体を名詞化するものです。

「こと」「ため」を使った短歌を上げます。

はらはらと黄の冬ばらの崩れ去る**かりそめならぬこと**の如くに　窪田　空穂
無名者の無念を継ぎて**詠うこと**詩のまことにて人なれば負う　坪野　哲久
さくらさくら**さくらの為**に死ぬという**愚かしきこと**も**この国のこと**　道浦母都子
この一票**われらのため**に**わがため**に**貴とからしむるもの**に寄すべし　土岐　善麿

ベッドの上にひとときパラソルを拡げつつ癒ゆる日あれな**唯一人の為め**　河野　愛子

「こと」は一首目では、かりそめではない出来事という名詞を作ります。二首目では、歌を詠む行為という名詞を作ります。三首目の「愚かしきこと」は愚かな行動という名詞になります。「この国のこと」は文末で、なんとこの国の出来事だと断定の気持を強める体言止めになります。「ため」は「さくらの為に」「われらのためにわがために」というように、「……のために」の形を多くとって用います。……が原因で、……の利益になるように、……の役に立つように、……が目的で、の意を表わして後へ続ける用法です。

「もの」を使った短歌を上げます。

天と地のあはひに在りて**視しもの**を古往今来虚空といへり　田島　邦彦

冬つひにきはまりゆくをみてゐたり木々は痛みを**いはぬものにて**　馬場あき子

「もの」は一首目では、「古往今来虚空といへり」と「もの」を結論付けています。二首目では、痛みを言わないものだなあと感動の意を表わします。

「ゆゑ」を使った短歌を上げます。

次の世に愛(いと)しき子等を残しおくは何を**信ずるゆゑ**にあらむか　岡野　弘彦

霊魂の存在を**疑いしゆえ**みずから息を衝く場所失くす　田島　邦彦

息の緒に沁みて潮見の**ひとりゆゑ**藍にはためき藍に昏れたり　小中　英之

「ゆゑ」は「信ずるゆゑに」というように、「……ゆゑに」の形を多くとります。一首目は、信じる理由の意を表わして後へ続けます。二・三首目は、疑うため、疑うことにより、ひとりのため、ひとりにより、と原因を表わして後へ続けます。

「とき」を使った短歌を上げます。

一様になびける葦が**起**(た)**ちなほるとき**まばらなり風過ぎしのち　畑　和子

しづまらぬ心抑へて**坐るとき**売場小さき枷具(せめぐ)のかたち　安永　蕗子

「とき」は、……あいだ、……場合、……折、の意を表わす名詞を作ります。

「まま」を使った短歌を上げます。

かくれんぼの**鬼のまま**にて死にたれば古着屋町に今日も来る父　寺山　修司

神神の黄昏越えし哀しみを**閉ぢしまま**なる冬の柘榴よ　小中　英之

「まま」は「まにま」のことで、そのままの状態を表わします。多く「……ままに」の形で用いて後の語句へ続けます。

6 複合名詞

複合名詞とは二個以上の語が複合して成立する名詞です。少数の音節(シラブル)で多様な意味を表わし、リズムに変化を与えるので、短歌では効果的に作用します。

ややあをき頬にかかれる髪もあれ**きれ長**まみの**俯目**かなしも　新井　洸
大寺の萩まんだらの**夕まぐれ**陰陽の水澄みてめぐれり　辺見じゅん
わが戦後**花眼**を隔てみるときのいかにおぼろに痛めるものか　山中智恵子
ぶらさがるあけびの**熟れ実**食みをれば**八百万神**咲らぐしづけさ　前　登志夫

一首目は「きれ長」と「俯目」が複合名詞です。「切れ長」と「まみ(目見)」の間の「の」を省略して、「俯目」までひといきにたたみかけるように描写しています。二首目の「夕まぐれ」はよく使う複合名詞で、「夕」「目」「暗れ」の複合で、夕暮れどきをいいます。「花眼」は老いて眼がかすみ、ものが美しく見えることをいう中国の故事からの語です。「八百万神」は「八百万」と「神」の複合で、大勢の神、同じ歌の、「熟れ実」は熟してやわらかく甘い果実のことで、「熟れ」と「実」を複合名詞的に使っています。

複合名詞は「夕まぐれ」など動詞と名詞、「花眼」「八百万神」など、名詞と名詞、また、例歌はありませんが、「そぞろ歩き」など形容動詞と動詞、というように幾通りにも複合し、使い方により思わぬ効果が出ます。

連体詞

連体詞は**名詞（体言）を修飾**する言葉です。「ある」「とある」「かかる」などを多く使います。

ある日婚姻　わが放ちたるわかものの背の紋章の鷹の羽ちがひ　塚本　邦雄
とある日を夫と出でたる街にして塵取り一つ包みて持てり　醍醐志万子
この街の**かかる**坂道知らざりき登りきて山茶花のくれなゐに寄る　田谷　鋭

「ある」は、「ある朝」「ある夜半」などと日時をはっきり定めない場合や、事物をはっきり定めない場合に用います。「とある」は、偶然目についた、たまたま行き合わせた、という気持をこめて、「ある」と同じように用います。「かかる」は、このような、こんな、という意で体言を修飾します。

連体詞はこのように漠然とした意味を体言にあたえるため、ある雰囲気が一首にただよいます。他に「あらぬさま」の「あらぬ」、「あらゆるもの」の「あらゆる」や、「来る三日」「去る二月」「明くる朝」の「来る」「去る」「明くる」なども連体詞になります。

文語体の短歌の中で「どんな夢見る」と口語の連体詞「どんな」を用いたくなりますが、このような場合は、文語の連体詞「いかなる」を使って「いかなる夢見る」とすべきです。

「この」「その」「あの」「かの」などは口語では連体詞ですが、文語では代名詞の「こ」「そ」「あ」「か」に助詞「の」を付けた連語となります。

副詞

副詞は**用言（動詞・形容詞・形容動詞）または他の副詞を修飾**し、その叙述を強めます。
副詞をその意味や働きの上から分けると次のようになります。(1)時・順序を示すもの。(2)状態を示すもの。(3)程度を示すもの。(4)前出の語句を受けるもの。(5)叙述の副詞。

1 時・順序を示す副詞

丘にたつ一本ゆゑに**ひもすがら**蟬こもらせて樅の木は啼く　志垣澄幸
夫(つま)あらばかく詠(うた)はんと思ふ歌**しばし**惜しみて**やがて**忘れき　富小路禎子
一樹**はや**雪にけぶりてぼうと立つぼうと命をこもらせて立つ　加藤克巳
積雲の高き夕空輝きて稲田は**ふいに**雀を放つ　雅風子

「ひもすがら」（一日中）「しばし」（ちょっとの間）「やがて」（まもなく）「はや」（もう）「ふ

いに（突然に）」が副詞で、副詞の位置は、「**しばし**惜しみて**やがて**忘れき」と点線を付した被修飾語のすぐ前に置くのが普通です。しかし、「**ひもすがら**蟬こもらせて」「**はや**雪に**けぶりて**」のように、一文節または数文節をへだてることがあります。

2 状態を示す副詞

鏡の面の吾が瞳うごかずゆくりなく人恨むこころ**しじに**燃え来て　原　阿佐緒

屋敷木の太き根方をおほひつつきのふの雪の**しみみに**翳る　中西　洋子

「しじに」（はげしく）、「しみみに」（いっぱいに、しきりに）が副詞です。

ねちねちと粘りぬかずば斃れむぞむだに怒れば消耗はげし　坪野　哲久

べきべきと折る蟹の脚よものふが甲冑を飾るこころ淋しむ　小池　光

「ねちねち」は粘り強いことを表わす**擬態語**です。「べきべき」は蟹の脚を折る音を表わす**擬声語**（擬音語）です。ともに状態を示す副詞として、粘りぬかなかったら、また、折るという動作を強調します。

3 程度を示す副詞

ただ一目(ひとめ)君見んことをいのちにて日の行くことを急ぐなりけり　与謝野晶子

どうしてもといふにあらねど見にゆきぬ老女がヒロインのポーランド映画　小島　熱子

採血車すぎてしまえば炎天下**いよよ**黄なる向日葵ばかり　伊藤　一彦

破滅型又は自爆型だと囁かれゐし日よ**十分**吾若かりし　大山　敏夫

程度の副詞は「ただ一目」（わずか一目）と体言を修飾したり、他の副詞を修飾したりします。

4 前出の語句を受ける副詞

もの忘れまたうちわすれ**かく**しつつ生命(いのち)をさへも明日は忘れむ　太田　水穂

さりげなく茶碗を置きぬ**かくばかり**こころくばりて生きねばならぬ　山崎　方代

「かく」（このように）「かくばかり」（これほど）は、前の語句を受けて後の動作を強めます。

5 叙述の副詞

笑ふより外(ほか)は**え**知らぬをさな子のあな笑ふぞよ死なんとしつつ　窪田　空穂

草づたふ朝の螢よみじかかるわれのいのちを死なしむな**ゆめ**　斎藤　茂吉

桃の蜜てのひらの見えぬ傷に沁む若き日はいつ**いかに**終らむ　米川千嘉子
大空の塵とは**いかが**思ふべき熱き涙のながるるものを　与謝野鉄幹

叙述の副詞とは、用言の表現に一定の言い方を要求するものです。

「え」は打消しを要求します。「え知らぬ」は、よく知らない。他に「つゆ」「いさ」があります。

「ゆめ」は禁止を要求します。「死なしむなゆめ」は決して死なさせるな。「いかに」は疑問を要求します。「いついかに終らむ」は、いつどのように終わるのだろうか。「いかが」は反語を要求します。「いかが思ふべき」は、どうして思えるだろうか（思えるはずがない）。

他にも比況の表現を要求する「あたかも」「さながら」、推量の表現を要求する「恐らく」「けだし」、打消し推量の表現を要求する「よも」などがあります。

接続詞

接続詞は、単語と単語、文節と文節、そして、文と文を結びつける言葉です。

1 並列の意を表わすもの

荒らかに**又**やさしげに鳴る弦(いと)よ何処(いづこ)にゆかばわがやすらはむ　斎藤　史

優越の言葉**また**劣等の言葉あり柩(ひつぎ)の中より人は起きえず　河野　愛子

一首目の歌は「又」は、「荒らかに」と「やさしげに」という単語を並列して結びつけ、二首目の「また」は「優越の言葉」と「劣等の言葉」という文節を並列して結びつけます。そして、並びに、及び、の意を表わします。

2 添加の意を表わすもの

ひとすぢの光の縄のわれを巻き**また**ゆるやかに戻りてゆけり　大西　民子

近づきて**また**遠ざかるたましひのむらがるごとく雲はてしなし　島田　修二

わが影によりそひて立つまさびしき影ありて**また**影をともなふ　岡野　弘彦

右の「また」は文節と文節を添加の意を表わして結びつけます。なお、その上に、それでいて、の意を表わします。「かつ」「しかも」なども添加の意を表わす接続詞です。

あの夏の数かぎりなき**そしてまた**たった一つの表情をせよ　小野　茂樹

「そしてまた」は、それからなお、と並列・添加の意を表わします。

3 選択の意を表わすもの

青春はみづきの下をかよふ風**あるいは**遠い線路のかがやき　高野　公彦

「あるいは」は、または、それとも、の意を表わします。

4 条件を表わすもの

くちづけを離せば**すなはち**聞こえ来ておちあひ川の夜の水音　河野　裕子
朝焼の雲ゆはらく雨ありて虹を思へば**すなはち**生れつ　石川不二子

「すなはち」は「……ば」という条件句を受けて、後を順序正しく接続します。

一首目の歌は、接吻から離れるとすぐに落合川の夜の水音が聞こえて来る。二首目の歌は、虹が出ないかなと思ったら、ただちに生まれた。と、すぐに、ただちに、の意を表わします。

口中に一粒の葡萄を潰したり**すなはち**わが目ふと暗きかも　葛原　妙子

この「すなはち」は、そこで、その時に、の意を表わし、前文と後文とを結びつけます。

野男の名刺すなはち凩（こがらし）と氷雨（ひさめ）にさらせしてのひらの皮　時田　則雄

この「すなはち」は、言いかえれば、くわしく言うと、つまり、とりもなおさず、の意を表わして結びます。

されば世に声鳴くものとさらぬものありてぞ草のほとときす咲く　安永　蕗子

「されば」は「然有（さあ）れば」の略です。通常は前後の文を、それゆえ、それだから、の意を表わして結びます。しかし、右の短歌では初句に使って、さて、ところで、の意を表わす、言い出しに用いています。

さらに次のような逆接（後に述べる事柄を前に述べた事柄の逆の結果にする）があります。

菊焚きし手の昂りの**さりながら**はや大切のものもかへらじ　馬場あき子

「さりながら」は、そうではあるが、しかし、の意を表わします。枯れ菊を焚いた手の昂りがまだつづいている、しかし、もう大切なものはかえらない、と菊を惜しんで、その菊をいとしんで育てた者を哀悼する挽歌です。このような逆の結果に結ぶ接続詞に「されど」などがあります。

感動詞

感動詞は、主に次の三種類に分けて用います。

1感動の意を表わすもの

ああ白き藻の花の咲く水に逢ふかわける国を長く来にけり　土屋　文明
雪積みてふかく撓みしりうの枝**ああ**祖国とふ遠国ありし　安永　蕗子
廊下にて逢へるをとめを見知らねど**あな**暑とわが言へばほほゑむ　玉城　徹
あなあはれ二十五年を酒に生き無頼の名さへあまんじて受く　吉井　勇

「あな」は喜怒哀楽の感情が高まったとき用います。「あなあはれ」の「あはれ」は哀れ、かなしく思う、の意味で、次の感動詞の「あはれ」とは異なる言葉です。

旅の日の**あはれ**沁むなり人形の阿波のおつるは身をしぼり泣く　岡野　弘彦
雪に傘、**あはれ**むやみにあかるくて生きて負ふ苦をわれはうたがふ　小池　光

これらの「あはれ」は「ああ」と同じ感動の声です。

おお、われは風の王なり胸処(むなど)より木枯らし発(た)たすふぶけことだま　萩岡　良博

「おお」も同じ感動の声ですが、最大級に強いときに使います。

ちんちろり男ばかりの酒の夜を**あれ**ちんちろり鳴きいづるかな　若山　牧水

「あれ」は驚いたり、不審に思うときに用います。あれえ、あら、などの意を表わします。

2 呼びかけの意を表わすもの

山を見よ山に日は照る海を見よ海に日は照る**いざ**唇を君　若山　牧水

黄緑(わうりよく)の靄ある山の斜面なりかへりなむ**いざ**歌の無頼に　前　登志夫

きぬぎぬの昼のわかれを無花果のにほへる唇に**いざ**うたふべし　井上　正一

「いざ」は相手をさそい促す時、自分が思い立って行動を起こすはずみに用います。

いでや君おぼろ月よになりにけり品川あたりそぞろありかん　太田　水穂

「いでや」は、さあさあ、と相手をさそい促すときに用います。

固きカラーに擦れし咽喉輪のくれなゐの**さらば**とは永久（とは）に男のことば　塚本　邦雄

「さらば」は人と別れるときに用います。それでは、じゃ、さようなら、の意を表わします。

3 応答の意を表わすもの

だらしなく雪来りけり**そよ**唐獅子牡丹をいぢめてやらう　西村　尚

うすずみの空か睦月（むつき）にあるのなら、**そよ**、うすずみのかな書きの恋　岡井　隆

こころみにお前と呼ばばおどろくかおどろくか**否**（いな）おどろくか**否**　同

魂の絶命ということやある　**否いな**と宙いっぱいの声をききおり　山田　あき

「そよ」はふと思ったり、相づちを打ったりするときに用います。そうだ、それそれ、の意を表わします。「否（いな）」は相手の問いかけに対して否定を表わすとき、また、不同意を表わすとき用います。いいえ、いや、の意です。

動詞

◆動詞のはたらき

物事の動作・はたらき（作用）と存在を表わす言葉を動詞といいます。動詞は述語となり、文章表現には欠かせません。ここで大切なことは、動作・はたらき（作用）を表現する場合、現在・過去・未来など「時間」や「状況」と関わりながら用いるということです。この「時間」や「状況」との関わりのために動詞は助動詞等と結びつきます。

動詞の扱いは短歌の本質を左右しますので、基本は押えましょう。それぞれに活用表がありますので、ここでは、間違いやすいところを抜粋します。もちろん、文法に振り回されて表現の自在さを失うのは本末転倒ですが、基本は大切にせねばなりません。

なお、実作者のなかには文語口語の文法の違いを承知した上で、混用している作家も少なくありません。ただ、口語と文語の違いを明確に承知しておくことはきわめて重要です

風**吹けば**大き銀杏の梢より葉は**散る**黄金の旋律として　三井　修

風が吹けば大きな銀杏の葉が黄金色を際立たせてあたかも音楽に乗るように散る、という歌

です。「吹けば」「散る」が動作を表わす言葉で、動作が実際に行なわれている時間を、現在（今のとき）に定めています。

短歌を詠む場合、実際には過去の体験であっても、よりリアルな印象を表現するため現在の感動として詠むこともあります。

しかし、現在の出来事ばかりでなく、未来や過去のことがらも、さらに、さまざまな考えや感情も私たちは詠みたいという欲求があります。その場合は動詞の**語形を変化（活用）**させて、動作・作用の時間などを表わすようにします。変化（活用）の方法は言葉の使い方により六つの形（**未然形・連用形・終止形・連体形・已然形・命令形**）に分かれます。これを活用形といいます。活用することで助動詞や助詞などが接続して意味を大きく広げることができます。

◆動詞の活用形とおもな用法

未然形　未来のことを推定したり、動作・作用がまだ実現していない事柄を述べたり、そうではないと打ち消されることを表わすときに用います。

主な下接語⇓る・らる・す・さす・しむ・ず・む・むず・まし・じ・まほし・ば・ばや・なむ

いかならむ野わけ山わけ**求めゆか**ば我思ふ人と住む里の**あらむ**　佐佐木信綱

どのような野を分け山を分けて探し求めたならば、私の思う人とともに住む村があるだろうか、という歌です。

われ敢て手も**うごかさず**寂然(じゃくねん)と**よこたはりゐむ**燃えよ悲しみ　　若山　牧水

下の句で横たわっているつもりだと決意しています。このようにこれから動作を起こそうとする決意・意志を述べる場合、動詞「横たわりゐる」の語形を「横たはりゐ」に活用させて、助動詞「む」へ続けます。さらに、「手もうごかさず」は手さえも動かさないで、と動作を否定しています。動作を否定する場合も、動詞「うごかす」の語形を「うごかさ」に活用させて助動詞「ず」へ続けます。

連用形　他の用言へ続けるとき、助詞「て」「つつ」などへ続けるとき、中止法といって動作の状態を中断するとき、または体言（名詞）化するときに用います。

主な下接語 ⇓ き・けり・つ・ぬ・たり(完了)・き・けり・けむ・たし・て

さまざまに見る**夢あり**てそのひとつ馬の蹄(ひづめ)を**洗ひやりゐき**　　宮　柊二

もし吾が一羽と**なり**て飛べるなら**堕ち**てぞ行かむ一羽を**連れ**て　　佐佐木幸綱

「洗ひやりゐき」は、複合動詞「洗ひやりゐる」を「洗ひやりゐ」に活用させて助動詞「き」へ続けています。「き」は過去の事実を回想する気持を表わすため、一兵士として中国で戦った忘れられない過去を回想するのに用います。「なりて」は今までと違った状態・形に変わる動詞「なる」を連用形「なり」に活用させています。

生きゆくは楽しと**歌ひ**去りながら幕下りたれば湧く涙かも　近藤　芳美

動詞「歌ふ」を「歌ひ」に活用させて中止しています。後の文節「去りながら」へ対等の関係で続ける用法（中止法）です。この**「連用形中止法」**は歌意を一旦停止させ、転換させる上で、しばしば有効になります。

街灯のひとつがながく**はぢらひ**の**またたき**をしてのち点りいづ　上田三四二

「はぢらひ」は動詞「恥ぢらふ」の連用形を名詞化したものです。「またたき」は動詞「またたく」の連用形を名詞化したものです。

終止形　おもに言い切りの形で文を終止させます。また助動詞「べし」「らむ」などと助詞「や」「な」などへ続ける場合に用います。

主な下接語⇓べし・らむ・らし・めり・なり（伝聞・推定）・まじ・とも・な（禁止）

空低くつばめとぶとぶ七月の池のほとりにわれらは**座る**　藤島　秀憲

動詞「座る」は終止形。一首の述語となり、文を終止させます。

鉦鳴らし信濃の国を行き行かばありしながらの母**見る**らむか　窪田　空穂

動詞の終止形「見る」を助動詞「らむ」へ続け、母に逢えるだろうかと推量します。

ほのぼのと愛もつ時に驚きて別れきつ何も絆(きづな)と**なる**な　富小路禎子

動詞の終止形「なる」を助詞「な」へ続け、絆となるな、と行為をさしとめる禁止を表わします。

連体形　おもに体言の修飾に用います。また、係助詞「ぞ」「なむ」「や」「か」や、疑問・反語のある句や、余情を込めるときに用いるほか、形式名詞を省略する場合にも用います。

主な下接語⇓なり(断定)・ごとし・に・を・が

かたはらに**おく**幻の椅子一つあくがれて**待つ**夜もなし今は　大西　民子

動詞「置く」の連体形「おく」は「幻の椅子」を、動詞「待つ」の連体形「待つ」は「夜」を連体修飾語となって修飾します。

身をかはし身をかはしつつ**生き行く**に言葉は痣の如く残らむ　近藤　芳美

複合動詞「生き行く」の連体形「生き行く」を助詞「に」へ続けると、形式名詞「こと」「もの」「とき」が省略できます。

春の波打ち寄せやまぬ海浜の小児病棟**ただよふ**ごとし　古谷　智子

動詞「漂ふ」の連体形を助動詞「ごとし」へ続け、小児病棟が漂うようだと比喩を表わします。

胎内を**のぞく**かと思ふひそけさなり未熟児室ガラス戸のなか保育器ならぶ　五島美代子

動詞「覗く」の連体形「のぞく」を助詞「か」へ続け、胎内をのぞき見るかのようだなあと疑問を含む感嘆・感動を表わします。

また、文末に於いて余韻を演出する効果をもたらす場合もあります。

鱗翅目飼ひて放てる一館に入るをためらふらしき声**する**　蒔田さくら子

已然形　動作などが既に成立している場合に用います。また、係助詞「こそ」がある文を終止します。

主な下接語 ⇓「ば」「ど」「ども」

さむざむと時雨する日に菊膾食うべてゐればむかしに似たり　　前川佐美雄

複合動詞「食うべてゐる」の語形を已然形「食うべてゐれ」に活用させて助詞「ば」へ続けると、食べてゐたら、と動作が現在行なわれていることを表わして後の語句へつなげられます。

夕まぐれ涙は垂るる桜井の駅のわかれを母がうたへば　　岡野弘彦

動詞「歌ふ」の語形を已然形「うたへ」に活用させて助詞「ば」へ続けると、母が桜井の駅のわかれの歌をうたっているので、と現在行なわれている動作が原因での意を表わして後の語句へつなげられます。後の語句は初・第二句へ倒置しています。

※チェック　ここで注意する点を述べます。「母がもし歌うならば」と実際には歌っていない様子を表現する場合、文語では「うたはば」と、動詞「歌ふ」を未然形「うたは」に活用させて、助詞「ば」を続けます。「ば」は未然形についたら「もし～ならば」、已然形についたら「～なので」と意味が変わりますので注意してください。

根はしかとあると白きを**たぐれ**どもほとけの笑みはあらはれて来ず　　三井ゆき

動詞「たぐる」を「たぐれ」に活用させて助詞「ども」へ続けると、根っこはしっかりと繋がっているはずなので白いものを手繰っているけれども、ほとけの笑みが現れてこないとつなげられます。

いつみても季節感なきウインドウ　刀架に飾る刀身冴ゆれ　　蒔田さくら子

「冴ゆれ」は動詞「冴ゆ」の已然形です。この形は「刀身こそ冴ゆれ」の「こそ」を省略した形です。したがって、刀身こそが、刀身のみが冴えているのだ、と「冴え」を強める働きがあります。

命令形　命令の意を表わすとき、助動詞「り」と助詞「よ」「かし」へ続けるときに用います。

みなかみに筏を組めよましらども藤蔓をもて故郷をくくれ　　前　登志夫

動詞「組む」を「組め」に活用させて助詞「よ」へ続けると、命令の意を念押しすることになります。動詞「くくる」を「くくれ」に活用させて文を命令の意で終止させています。「ましら」は猿。

賛成の方はご起立願ひます　そのままいつまでも起つてをれ　　佐藤　通雅

上の句の、作者に不本意な議事進行に対する憤りを下の句で表わしています。「起（立）ってをる」の命令形です。あたかも罰を与えるように命令しています。

水を汲むごとき音して昇りくるエレベーターを五階に待てり　　高嶋　健一

動詞「待つ」を「待て」に活用させて助動詞「り」へ続けると、動作の継続や完了などを表わします。（「り」は已然形に付けるともいいます。）なお、「り」は非常に特殊な連なりかたをするため、誤りやすいので注意を要します。あとで、助動詞の項で述べますのでよく理解してください。（☞P116参照）

動詞の言葉を六つの活用形に活用させて、いろいろな動作・作用、存在をどのように表現するか述べました。六つの活用形はそれぞれ活用した動詞それ自体で「終止」や「命令」などの意味を表わすこともありますが、活用形に対して限られた助動詞や助詞が接続することによってさまざまな意味の広がりを持つことになります。

このあとは、活用のしかたについて説明します。

◆動詞の活用の種類と見分け方

まず、動詞の活用の種類を上げると、次の九種類になります。名称を覚えてください。

四段活用　ナ行変格活用（ナ変）　ラ行変格活用（ラ変）
下一段活用　下二段活用　上一段活用
上二段活用　カ行変格活用（カ変）　サ行変格活用（サ変）

■記憶すべきもの

次の六種類の活用は語が限られていますので、全部暗記しましょう。

カ変活用（一語）――来（く）
サ変活用（一語）――す（音（おと）す・時雨（しぐれ）す　など、複合動詞を多数つくる）
ナ変活用（二語）――死ぬ・去ぬ
ラ変活用（四語）――有り・居（を）り・侍り・いまそかり
下一段活用（一語）――蹴る
上一段活用（九語）――干（ひ）る・見る・着る・似る・煮る・射る・鋳（い）る・居（ゐ）る・率（ゐ）る

■「ず」を付けて判別するもの

前の六種類に属さない次の三つの活用の種類は「ず」を付けて判別します。

四段活用――――ア段の音に「ず」が続くもの（咲かず・立たず・住まず）
上二段活用――――イ段の音に「ず」が続くもの（生きず・落ちず・下りず）
下二段活用――――エ段の音に「ず」が続くもの（分けず・求めず・流れず）

この活用の種類の見分け方を知っておくととても便利です。

※チェック　ここで注意すべき点があります。つまり、「さびしくをり」の「をり」を否定したとき「をらず」と「ら」がア段の音になるので四段活用だ、と早合点しては誤りです。「をり」はラ変活用の動詞であると覚えておけば、「をらず」とア段に「ず」が付いても四段活用と区別して終止形は「をり」だと考えることができます。ラ変活用以外の文語動詞は全部ウ段の音で言い切ります。（咲く・立つ・住む・生く・落つ・下る・分く・求む・流る、など）

文語の動詞には九種類の活用の種類がありますが、口語（現代語）ではそれが五種類に絞られます。つまり日本語として同じ単語（動詞）でも、文語表現と口語表現ではその活用が異なるということです。口語の感覚で文語表現をしようとすると間違うことがありますので注意しましょう。

次頁の表は口語と文語における動詞の活用の種類の対照表です。現代語と文語との関係をしっかり踏まえて歌を作る参考にしてください。

口語	語	語幹	未然	連用	終止	連体	仮定	命令
五段	書く	書	か こ	き	く	く	け	け
	死ぬ	死	な の	に ん	ぬ	ぬ	ね	ね
	蹴る	け	ら ろ	り	る	る	れ	れ
	有る	あ	ら ろ	り っ	る	る	れ	れ
上一段	着る	○	き	き	きる	きる	きれ	きろ きよ
	起きる	お	き	き	きる	きる	きれ	きろ きよ
下一段	出る	○	で	で	でる	でる	でれ	でろ でよ
カ変	来る	○	こ	き	くる	くる	くれ	こい こよ
サ変	する	○	し せ さ	し	する	する	すれ	しろ せよ

文語	語	語幹	未然	連用	終止	連体	已然	命令
四段	書く	書	か	き	く	く	け	け
ナ変	死ぬ	死	な	に	ぬ	ぬる	ぬれ	ね
下一段	蹴る	○	け	け	ける	ける	けれ	けよ
ラ変	有り	あ	ら	り	り	る	れ	れ
上一段	着る	○	き	き	きる	きる	きれ	きよ
上二段	起く	起	き	き	く	くる	くれ	きよ
下二段	出づ	い	で	で	づ	づる	づれ	でよ
カ変	来	○	こ	き	く	くる	くれ	こ こよ
サ変	す	○	せ	し	す	する	すれ	せよ

以下、各活用のしかたとその用法を、活用表と例歌を上げて説明します。

❶ 四段活用（巻末、文語動詞活用表参照）

行	基本の形	語幹	未然形	連用形	終止形	連体形	已然形	命令形
カ	ゆく	ゆ	か	き	く	く	け	け

活用表の通り、語幹「ゆ」は変化しないで、語尾が五十音図のカ行のア・イ・ウ・エの四段にわたって活用するので四段活用といいます。次に「ゆく」を使った例歌を活用形の順に上げます。

旗は紅き小林（をばやし）なして移れども帰りてを**ゆか**な病むものの辺（へ）に　（未然形）岡井　隆

馬に乗り地平線まで駆け**行か**ばそのまま空の青さに溶けむ　（未然形）芹澤　弘子

逝きし子は如何に育てし母われか老いてルソーの『エミール』を読む　（連用形）石川　昌子

白色の増えすぎてしまったコスモスの種子捨てに**ゆく**慈悲捨てに**ゆく**　（終止形）熊谷　龍子

花もどりの人の歩みとすれちがう橋の上とは**ゆく**春の上　（連体形）齋藤　芳生

足音を忍ばせて**行け**ば台所にわが酒の壜は立ちて待ちをる　（已然形）若山　牧水

死に**ゆける**ものつねに他者みづからの丈くらぐらと渚にうつす　（命令形）島田　修二

一首目の「帰りてをゆかな」は帰ってゆこうと自己の意志を表わします。「を」は古代の間投助詞。二首目の「行かば」は仮定した場合の条件を表わして、「溶けむ」という「溶けるだろう」という見通しにつなげています。最後の歌の「ゆける」は、完了の助動詞「り」につなげる形として命令形が用いられています。なお、ここは已然形という説もあります。

右のように「ゆか・ゆき・ゆく・ゆく・ゆけ・ゆけ」と活用する動詞をカ行四段活用といいます。サ行四段活用は「鳴らさ・鳴らし・鳴らす・鳴らす・鳴らせ・鳴らせ」とサ行のア・イ・ウ・エの四段の音にわたって活用し、タ行四段活用は「持た・持ち・持つ・持つ・持て・持て」とタ行のア・イ・ウ・エの四段の音にわたって活用します。四段活用は五十音図の各行のア・イ・ウ・エの四段の音にわたって活用します。

四段活用で注意する点は、口語と文語では次のように活用の行(送り仮名)が異なることです。

（口語）言う・漂う・添う（ワ行五段活用）など

（文語）言ふ・漂ふ・添ふ（ハ行四段活用）など

2 ナ行変格活用

行	基本の形	語幹	未然形	連用形	終止形	連体形	已然形	命令形
ナ	死ぬ	し	な	に	ぬ	ぬる	ぬれ	ね

ナ行変格活用（略してナ変）は「死ぬ」「去ぬ（往ぬ）」の二語です。

「死ぬ」は右の活用表のように語幹「し」は変化しないで、語尾がナ行の四段の音と、連体形・已然形の「ぬ」に「る」「れ」がついたものに活用します。口語では「死な（死の）・死に・死ぬ・死ぬ・死ね・死ね」とナ行五段の音に活用しますが、文語ではナ行四段の音が変則的になるため、ナ行変格活用といいます。

病む妻の足頸（あしくび）にぎり昼寝する末の子をみれば**死な**しめがたし　（未然形）吉野　秀雄
その命**死な**む際（きは）にも我が妻は常に見し如（ごと）ありにけるかも　（未然形）窪田　空穂
人は**死に**生きたる我は歩（あり）きゐて蛤をむく店を見透かす　（連用形）北原　白秋
生残りとなりて居りつつ**死**遅れとならざる境踏みわけらるるか　（連用形）斎藤　史
道に**死ぬる**馬は、仏となりにけり。行きとゞまらぬ旅ならなくに　（連体形）釈　迢空一首目の「死なしめがたし」は死なせることはできない。二首目の「死なむ際にも」は死にゆく間際にさえ。まだ生命を保っている場合に用います。四首目の「死遅れ」は複合名詞。また「死ぬ」の代わりに「みまかる」「世を去る」「逝く」など、短歌の内容により言葉を選ぶことができます。

3 ラ行変格活用

行	基本の形	語幹	未然形	連用形	終止形	連体形	已然形	命令形
ラ	有り	あ	ら	り	り	る	れ	れ

ラ行変格活用（略してラ変）は「有り」「居り」「侍り」「いまそかり」の四語です。「有り」は右の活用表のように語幹「あ」は変化しないで、語尾がラ行の四段の音に活用します。終止形が口語では「有る」ですが、文語では「有り」とイ段の音で言い切ります。そのためラ行変格活用といいます。

平静なる息きこゆれど眠りゐる汝にはあらざる寂しき妻よ　（未然形）香川　進

舗道には何も通らぬひとときが折々**あり**ぬ硝子戸のそと　（連用形）佐藤佐太郎
梅の林過ぎてあふげば新生児微笑のごとき春の空**あり**　（終止形）伊藤　一彦
マッチ擦るつかのま海に霧ふかし身捨つるほどの祖国は**あり**や　（終止形）寺山　修司
コップに冷たい酒を君にわける君をみる皺少し**ある**眼じり　（連体形）加藤　克巳

「有り」は存在する。いる。また時が過ぎる。あるいは他から（そこに）あることが認められる。などの意味を表わす言葉です。また、陳述を表わす言葉ともなります。

一首目の「眠りゐる汝にはあらざる」は眠っているおまえではない、という陳述を表わします。二首目の「ひとときが折々ありぬ」は一時がときどき過ぎている、と時の経過を表わします。　四首目の「祖国はありや」は祖国は有るのか、と疑問を表わします。この「ありや」を、四段活用のように「あるや」と誤用する例があるので注意してください。

陳述を表わす慣用句として次のものがあります。

呼びつつあらむ　（呼びつづけているのだろう）
恋ふにあらねど　（恋うというのではないが、しかし）
無きにあらずも　（無いというのではないことだ）
ひたぶるにありき　（ひたぶるにしていた）

「をり」は他の動詞の連用形に付けて補助動詞として用いる場合、動作を続ける意を表わします。

手を洗ひをり（手を洗いつづけている）

「侍り」は本来貴人のお側に「お仕えする」という意味ですが、そこから「有り」「居り」の謙譲語として使われるようになりました。「いまそかり」は「有り」「居り」の尊敬語で、「いらっしゃる」「おいでになる」という意味で使われます。現代短歌での用例はほとんど見当たりませんが、文語の知識として知っておくのも大事かと思います。

4 下一段活用

行	基本の形	語幹	未然形	連用形	終止形	連体形	已然形	命令形
カ	蹴る	○	け	け	ける	ける	けれ	けよ

下一段活用は「蹴る」の一語です。

活用表のように語幹と語尾の区別がなく、カ行のエ段の一音と、終止形・連体形の「け」に「る」が、已然形・命令形の「け」に「れ」「よ」がついたものに活用します。

口語では「蹴ら（蹴ろ）・蹴り・蹴る・蹴る・蹴れ・蹴れ」とラ行五段の音に活用しますが、文語では五十音図の中心の段から一段下のエ段だけに活用するので、下一段活用といいます。

いねつつもしきり**蹴**たくるわれの脚生くるかぎりを**蹴**あげむとする　（連用形）坪野　哲久

ふるさとを足**蹴**にしたる少年の無頼はやまず六十になる　（連用形）同

「蹴たくる」は相撲の技の一つで、相手を蹴りながら手をたぐって倒すことです。「蹴あげむとする」は蹴り上げようとする。「足蹴（あしげ）」は複合名詞で、足でけることです。

「蹴る」は単独で用いるより、蹴上ぐ・蹴返す・蹴手繰る・蹴倒す・蹴散らす・蹴とばす、など複合動詞として用いることが多いようです。

「蹴る」の活用として、「蹴りて」「蹴りたる鞠」「蹴りぬ」などを見かけますがこれらは口語の用法ですから誤りです。

「蹴（け）て」「蹴（け）たる鞠」「蹴（け）ぬ」が正しい文語表現ですが、語感がいかにも古めかしく感じるられると思います。口語表現である「蹴り足」「蹴り合ふ」「蹴りゆく」などを使う場合無意識に使うのではなく「文語」「口語」をしっかり意識して使えるようにしましょう。

5 下二段活用

行	基本の形	語幹	未然形	連用形	終止形	連体形	已然形	命令形
ダ	出づ	い	で	で	づ	づる	づれ	でよ

「出(い)づ」は語幹「い」は変化しないで、語尾がダ行のウ段・エ段の二段の音と、連体形・已然形の「づ」に「る」「れ」が命令形の「で」に「よ」がついたものに活用します。五十音図の中心の段から下へ二段に活用するので、下二段活用といいます。

森**出で**て飛火野をゆく水手洗(みたらい)のみづほそほそしみじか夜の月　（連用形）前川佐美雄
タマリンドの一樹影なす朝の園ジュオン**いで**来て吾を誘(いざな)う　（連用形）前田　透
年老いて時におもねる文章は今日もひきつづきて夕刊に**出づ**　（終止形）柴生田　稔
はじまりを終はりにかさね幾重にもひぐらしのこゑ湧き**いづる**谷　（連体形）久我田鶴子

「出(い)づ」は口語の「出る」に当たり、現われる、外に出て行く、湧く、などの意を表わします。また使い方により、あらわす、出(い)だす、出(だ)す、の意も表わします。

二首目の「いで来て」は出てきての意です。「出(い)づ」は他の動詞の連用形に付けて**補助動詞**

として用いる場合、現われる、でる、または、現わす、だす、の意になります。次のようにマ行下二段活用補助動詞「初む」を用いることもできます。

咲き出づ・吹き出づ・降り出づ・言ひ出づ→咲き初む・吹き初む・降り初む・言ひ初む

下二段活用で注意しなければならない点は、口語と文語では活用する行が異なることです。

口語	文語
耐える（ア行下一段活用）→	耐ふ（ハ行下二段活用）
植える（ア行下一段活用）→	植う（ワ行下二段活用）

口語下一段活用の「避ける」「告げる」「伏せる」「混ぜる」「当てる」「兼ねる」「延べる」「占める」「見える」「晴れる」「飢える」は、文語では「避く」「告ぐ」「伏す」「混ず」「当つ」「兼ぬ」「延ぶ」「占む」「見ゆ」「晴る」「飢う」となり、下二段に活用します。

また、口語の「得る」「経る」は、文語では終止形が「得」「経」で、語幹と活用語尾の区別がありません。

※チェック　下二段活用動詞がとくに誤用されるのは連体形と已然形の用法です。

たとえば、島崎藤村「惜別の歌」に「流るる（連体形）水を眺むれ（已然形）ば」という句があり、これは下二段活用です。これは、口語の下一段活用では「流れる水を眺めれば」となります。

最近は一首全体の声調から、敢えて下一段活用を採る歌人のあることも書き添えておきます。

はつ夏の陽の差す真昼の花舗の前少女が次々鉢を**並べる**　三井　修
たやすくは梢を見せぬ杉どちの矜持が光りをこぼして**見せる**　沖　ななも

6 上一段活用

行	基本の形	語幹	未然形	連用形	終止形	連体形	已然形	命令形
マ	見る	○	み	み	みる	みる	みれ	みよ

「見る」は活用表の通り、語幹と語尾の区別がなく、五十音図のマ行のイ段の音と、終止形・連体形の「み」に「る」、已然形・命令形の「み」に「れ」「よ」のついたものに活用します。五十音図の中心の段から一段上のイ段だけに活用するので、上一段活用といいます。

上一段活用の動詞は次の語に限られますので、覚えるべき単語です。「ひるみるきにいる」や「きみにいひゐる」「ひいきにみゐる」など人によって覚え方を工夫しているようです。

ひる（ハ行）――干る
みる（マ行）――見る（試みる・顧みる・鑑みる・後ろみる……）
きる（カ行）――着る

にる（ナ行）――似る・煮る
いる（ヤ行）――射る・鋳る
ゐる（ワ行）――居る・率る（率ゐる・用ゐる）

まどひなくて経ずする我と**見**たまふか下品（げぼん）の仏上品（じやうぼん）の仏（連用形）与謝野晶子
休職を告げれば島田修三は「**見ろ**、**見**て詠え」低く励ます（命令・連用形）染野　太朗
うぶすなの秋の祭も**見**にゆかぬ孤独の性（さが）を喜びし父（連用形）佐佐木信綱
いや高くあがりゆく雲雀眼放さず君の**見れ**ばわれはその眼を**見る**も（已然・終止形）川田　順
沈黙のわれに**見よ**とぞ百房の黒き葡萄に雨ふりそそぐ（命令形）斎藤　茂吉

二首目の「見ろ、見て詠え」は口語表現です。「見ろ」は命令形です。三首目の「見にゆかぬ」は見物にゆかない。連用形を名詞化した慣用句に「見の限り」（見渡す限り）「見のだのし」（見ることが楽しい）などがあります。

四首目の「見れば」は見ているので、結句の「見るも」は感動・詠嘆を表現します。「みる」は「観る」「診る」「視る」「看る」とも用います。それぞれの意味を吟味して用いてください。

上一段活用は「顧みる」「試みる」「率ゐる」などのほかは語幹と活用語尾の区別のない言葉

ばかりです。口語上一段活用の「飽きる」「過ぎる」「満ちる」「閉じる」「強いる」「帯びる」「老いる」「懲りる」は、文語では「飽く」「過ぐ」「満つ」「閉づ」「強ふ」「帯ぶ」「老ゆ」「懲る」となり、上二段に活用します。

また、口語の「居る」「率いる」は、文語では「居る」「率ゐる」とかなづかいが変わります。

7 上二段活用

行	基本の形	語幹	未然形	連用形	終止形	連体形	已然形	命令形
カ	生く	い	き	き	く	くる	くれ	きよ

「生く」は活用表を見ると語幹「い」は変化しないが、語尾が五十音図カ行のイ段・ウ段の音と、連体形・已然形の「く」に「る」「れ」、命令形の「き」に「よ」のついたものに活用します。五十音図の中心の段から上へ二段に活用するので、上二段活用といいます。

どう見ても幸福さうなわが掌ゆゑ天邪鬼やめて**生き**むと思ふ（未然形）　田谷　鋭

春になり魚がいよいよなまぐさくなるをおもへば**生き**かねにけり（連用形）　前川佐美雄

おそらくは知らるるなけむ一兵の**生き**の有様をまつぶさに遂げむ（連用形）　宮　柊二

まろまろと昇る月見てもどり来ぬ狂ふことなく**生くる**も悲劇　（連体形）大西　民子

「生く」は生きながらえる、この世にいる、生存する、生活する、などの意を表わします。一首目の「生きむ」は生きてゆこう。二首目の「生きかねにけり」は生きるのが堪えられなくなったことだ。上二段活用が誤用されるのは、とくに終止形と連体形と已然形です。

（誤）起きる・過ぎる時・落ちる水・恥じれば・延びれど

（正）起く　・過ぐる時・落つる水・恥づれば・延ぶれど

口語が上一段に活用するため混用してしまうのでしょう。

上二段活用の中で「老ゆ」「悔ゆ」「報ゆ」の三語はヤ行に活用します。ですから「老ひて」「悔ひて」「報ひて」のようにハ行に活用するのは間違いで、「老いて」「悔いて」「報いて」が正しい仮名づかいです。

8 カ行変格活用

行	基本の形	語幹	未然形	連用形	終止形	連体形	已然形	命令形
カ	来	○	こ	き	く	くる	くれ	こ こよ

カ行変格活用（略してカ変）は「来」の一語です。

活用表を見ると語幹と語尾との区別がなく、カ行のうちの「き」「く」「こ」の三音と、連体形・已然形の「く」に「る」「れ」、命令形の「こ」に「よ」のついたものに活用します。

一日のこの安楽はやがて**来**む術苦耐へよと神の賜(た)びたる　（未然形）上田三四二

訪ひ**来**しひとのカフスボタンに触れて見つ我の何かが過剰なるとき　（連用形）中城ふみ子

かぐはしき楓の空気吸ひて立つ生きよと人の言ひて**来**しかば　（連用形）相良　宏

積む雪が氷層となれる狭谷(さきだに)にいぬわしの声空より落ち**来**　（終止形）中西　悟堂

われ行けばわれに随(つ)き**来る**瀬の音の寂しき山をひとり越えゆく　（連体形）太田　水穂

吾が心よ夕さり**くれ**ば蠟燭に火の点(つ)くごとしひもじかりけり　（已然形）北原　白秋

「来」は口語の「来る」に当たります。話し手の立場でとらえていう言葉で、こちらへ近づく、帰る、戻る、（目的地に話し手自身がいる気持で）行く。さらに（他の動詞の連用形に付けて）動作をして戻る、動作を以前からずっと…する、次第に変わってある状態になる、などの意を表わします。

六首目の「夕さりくれば」は夕暮れが近づくと、の意です。

「来(く)」を結句で言い切りに用いるとき、口語の終止形「来(く)る」を用いる例を見ますが、文語の終止形は「来」です。「吹き来る」「いで来る」は「吹き来も」「いで来も」とする方法もあります。

なお、「来」を過去の助動詞「き」に続ける場合には、「来し（未然形）」と「来し（連体形）」の双方の活用が可能で、どちらを使うかは前後の語感で判断すればよいことを書き添えておきます。ただ、これを歴史的に見ると、古典文法の基本となっている平安時代には「未然形」が基本でした。この意味合いから、現在でも「こし」と読まれることが比較的多く、「こし」でなければならないとする指導者もいます。

9 サ行変格活用

行	基本の形	語幹	未然形	連用形	終止形	連体形	已然形	命令形
サ	す	○	せ	し	す	する	すれ	せよ

サ行変格活用（略してサ変）は「す」一語です。

右の活用表で見る通り、語幹と語尾の区別がなく、サ行のうちの「し」「す」「せ」の三音と、連体形・已然形の「す」に「る」「れ」、命令形の「せ」に「よ」のついたものに活用します。

終止形が口語では「する」ですが、文語では「す」となります。体言（名詞）に付けて複合動詞を作ります。

桑のみを爪(つま)だちあがり我は摘む幼きときも斯くのごと**せ**し　（未然形）島木　赤彦

ふるき日本の自壊自滅**し**ゆくすがたを眼の前に**し**て生けるしるしあり　（連用形）土岐　善麿

見よ秋の日のもと木草(きぐさ)ひそまりていま凋落(てうらく)の黄(き)を浴(あ)びむと**す**　（終止形）若山　牧水

あかあかと十五夜の月街(まち)にありわつしよわつしよといふ声も**する**　（連体形）北原　白秋

「す」は意志をもって事を行なう、扱う、考える、物を作る、また、起こる、感じられる、聞こえる、見える、更に「…むとす」の形で、今にも…しようとする意を表わします。

一首目の「斯くのごとせし」はこのようにやったことだ。「す」を過去の助動詞「し」「しか」へ続ける場合、「せし」「せしか」とします。「しし」「ししか」では語感がよくないからです。これとの混同でたとえば、サ行四段活用の、「残す」の連体形の正しくは「残しし」とすべきところを「残せし」とする誤用が散見されます。注意が要ります。四首目の「声もする」は、声も聞こえることだのニュアンスを表わします。（☞P108・P139参照）

「す」は様々な語について複合動詞を作ります。（愛す・死す・感ず・旅す・甘んず・全うすなど）複合動詞を入れるとサ変の動詞はかなり多くなります。

◆自動詞と他動詞

動詞の中には自動詞として使えるもの、他動詞として使えるもの、また、自動詞と他動詞の両方に使えるものがあります。

自動詞とは、その言葉だけで動作・作用などを示すはたらきをします。

　地に**きこゆ**斑鳩（やまばと）のこゑに**うち混り**わが殺（と）りしものの声**がする**なり　　宮　柊二

「聞こゆ」（ヤ行下二段活用終止形）は聞こえる。「うち混り」（ラ行四段活用連用形）は入りまじり。「する」（サ変活用連体形）は「声がする」と用いて、声が聞こえる。いずれもその動詞だけで動作を表わしますから、自動詞として主語「声が」「わが」の述語として使えます。

しかし、**他動詞**はその言葉だけでは動作・作用を完全に示すはたらきをしないため、必ず目的語の連用修飾文節を受けなければなりません。

　手を**垂れ**てキスを**待ち居**し表情の幼きを**恋ひ**別れ来たりぬ　　近藤　芳美

「垂れ」（ラ行下二段活用連用形）は目的語「手を」を受け、「待ち居」（ワ行上一段活用連用形）は目的語「キスを」を受け、「恋ひ」（ハ行上二段活用連用形）は目的語「幼きを」を受けて、いずれも動作を表わします。このように必ず目的語を受ける動詞が他動詞です。

短歌に他動詞を用いる場合、目的語を作る助詞「を」はよく省略されます。

つきつめてなに願ふ朝ぞ昨日（きぞ）の雨に濡れてつめたき靴はきゐたり　上田三四二

「なに願ふ」は「なにを願ふ」、「靴はきゐたり」は「靴をはきゐたり」、助詞「を」は省略されても意味が通じます。さらに宮柊二の歌の「わが殺（と）りし」の「殺り」は他動詞です。「命をとり」と表わすのを「殺り」と端的な表現にしています。

※チェック　自動詞と他動詞の両方に使えるものがあるので、使い方に注意しましょう。

風が吹く（自動詞・四段活用）　笛を吹く（他動詞・四段活用）　基本形・活用の種類が同じ

扉が開（あ）く（自動詞・四段活用）　扉を開（あ）く（他動詞・下二段活用）　基本形は同じで活用が異なる

これをさらに口語と比較すると次のようになります。

自動詞　文語（扉が）開（あ）く（カ行四段活用）　口語（扉が）開（あ）く（カ行五段活用）

他動詞　文語（扉を）開（あ）く（カ行下二段活用）　口語（扉を）開（あ）ける（カ行下一段活用）

これを見てわかるように、他動詞は「……を」と目的語を伴うのが基本です。自分で完結する動作を表わす動詞が自動詞、他に対して働きかけをする動詞が他動詞ということです。

◆補助動詞

動詞で本来の意味と独立性を失って、付属的に用いられるものを、補助動詞といいます。太字部分です。

会ふたびの母の梅ジャム・ラムケーキはるかと**なり**ぬ逝きて八年　野一色容子

中学生ふたりが歌うアカペラをしみじみ聞けばわれは澄み**ゆく**　室井　忠雄

ただいちど池袋の家訪ひし日よ琴弾き**くれ**き寿司いただきぬ　丹波　真人

◆複合動詞

動詞を後部要素として、これに、動詞または他の品詞が複合した動詞を複合動詞といいます。

引越しの日取りや**捨てゆく**荷物など**聞き流し**ゐて妻が苛立つ　平山　公一

日本とふ器のうへを無秩序に**吹き荒れ**てのち野分は去りぬ　山科　真白

「捨てゆく」「聞き流し」「吹き荒れ」が複合動詞です。それぞれ、「捨つ」と「ゆく」、「聞く」と「流す」、「吹く」と「荒る」が結合して複合動詞になっています。いずれも、やや複雑な動作や現象が表現されています。

「らぬき言葉」はなぜいけないの?

口語では「読むことができる」という意味で「読める」を使います。「読む」という五段活用から派生した、「下一段活用」が可能動詞となるからです。

しかし、古典文法の文脈で「読める」と書けば、「読んだ」の意味となり、「読むことができる」という意味にはなりません。中世にはそういう使用例もありますが、いわゆる平安時代の用法を基礎とした古典文法には、可能動詞はなじみません。

その口語の可能動詞は五段活用のみに適用されます。ということは、可能動詞は、口語の上一段活用、同じく下一段活用には適用されないのです。

例で示せば、見る→見れる、出る→出れる、とは、適用されません。いわゆる「らぬき言葉」批判はここから出ています。文法的にはこういう場合には、可能の助動詞「られる」を使って、「見られる・出られる」を使います。

形容詞

形容詞は物事の性質や状態を表わします。口語の「よい」「美しい」は、文語で「よし」「美し」とイ段の音で言い切ります。二種類に活用し、また補助活用もします。活用形は六種類あり、用法は動詞と同じです。

種類	基本の形	語幹	未然形	連用形	終止形	連体形	已然形	命令形
ク活用（カリ活用）	よし	よ	く から	く かり	し	き かる	けれ	かれ
シク活用（カリ活用）	美し	うつく	しく しから	しく しかり	し	しき しかる	しけれ	しかれ

「よし」は語幹の「よ」は変化しないが、語尾が「く・く・し・き・けれ」と活用します**（ク活用）**。また補助として「から・かり・かる・かれ」と活用します**（カリ活用）**。

「美し」は語幹「うつく」は変化しないが、語尾が「しく・しく・し・しき・しけれ」と活用します**（シク活用）**。また補助として「しから・しかり・しかる・しかれ」と活用します**（カリ活用）**。

ク活用かシク活用かの簡単な見分け方は、動詞の「なる」へ続けて言ってみます。

浅し　浅くなる　（ク活用）
寒し　寒くなる　（ク活用）
たのもし　たのもしくなる　（シク活用）
かぐはし　かぐはしくなる　（シク活用）

カリ活用は、ラ変活用との熟合によりできたものです。

よくあり→よかり　美しくあり→美しかり

さらに文語形容詞では、たとえば終止形は「美し」連体形は「美しき」、ですが、口語では終止形は「美しい」連体形も「美しい」であるせいか、文語の終止形を「美しき」と誤る事例が間々見られますので注意を要します。

1 ク活用とおもな用法

冬霞む池**ひろく**して二人立つ若き焦燥（いらだち）は去りて**遥けく**　（連用形）高安　国世

わが生（しょう）やこのほかに道**なかり**しか　**なかり**けむされどふいの虹たつ　（連用形）馬場あき子

芒の穂ほけたれば**白し**おしなべて霜は小笹に**いたく**ふりにけり　（終止・連用形）長塚　節

いささかの**よき**事なして一つきの酒心地**よき**此ゆふべかな　（連体形）佐佐木信綱

一首目の「ひろくして」は広い状態で。「遥けく」は連用形の中止法で遥かになっているの意です。二首目の「なかりしか」は無かっただろうか。「なかりけむ」は無かっただろう。三首目の「いたく」は甚だしく。四首目の「よき」は良き、善き、好き、などと表記できます。

2 シク活用とおもな用法

白鳥を美**しから**ぬといふ吾子よわが裡の何を罰するならん　（未然形）稲葉　京子

めづらしく弱き姿と君なりて病みたまふこそ**うれしかり**けれ　（連用・連用形）岡本かの子

還らざる愛とも思ひ時を経てなほをりふしは**寂しかる**べし　（連体形）尾崎左永子

志**あたらしかれ**と教へつつおのれ畑打ち父はおはしき　（命令形）窪田　空穂

一首目の「美しからぬ」は美しくないもの。二首目の「うれしかりけれ」は「病みたまふこそ」と関連して結びを已然形にしたものです。三首目の「寂しかるべし」は寂しいにちがいない。四首目の「あたらしかれ」は新しくありなさいと命令の意を表わします。

カリ活用は例歌を見てわかるように、主に助動詞へ続けるときに用います。

形容詞は物事の性質や状態を表わしますが、ク活用する言葉（長し・短し・浅し・深し、など）はおおむね具体的な意味を表わすため、イメージが鮮明に湧きます。シク活用する言葉（悲し・やさし・清し・美し、など）は多くは感覚的な意味を表わすため、適切に用いないとひとりよがりの表現になりやすいようです。

形容詞の誤用として、文語体の短歌に口語の形容詞を用いることが上げられます。口語の終止形の活用語尾は「い」ですが、文語は「し」です。

また、「買ふことなからむ」の表現を見ますが、無いだろうの意を表わす「なけむ」を用いて、「買ふことなけむ」「買ふなけむ」とする方法もあります。ただし、この「なし」の未然形の「なけ」は奈良時代の用法なので多くの古典文法活用法には載っていません。（☞Ｐ１３９参照）

形容動詞

形容動詞は物事の性質や状態を表わし、例えば「静かにあり」「堂々とあり」が熟合して、「静かなり」「堂々たり」という言葉になりました。語幹「静か」「堂々」には助詞「が」「を」などを付けて主語・目的語などにすることができないため、名詞と区別します。また「いと静かなり」のように連用修飾語は受けますが、連体修飾語は受けません。

種類	基本の形	語幹	未然形	連用形	終止形	連体形	已然形	命令形
ナリ活用	静かなり	静か	なら	なり に	なり	なる	なれ	なれ
タリ活用	堂々たり	堂々	たら	たり と	たり	たる	たれ	たれ

形容動詞は右の活用表の通り、ナリ活用とタリ活用の二種類に活用します。語幹「静か」「堂々」は変化しないが、語尾が「なら・なり・なり・なる・なれ・なれ」と「たら・たり・たり・たる・たれ・たれ」の六つの形に活用し、連用形が更に「に」「と」の音に活用します。

1 ナリ活用とおもな用法

ただならぬ年の揺らぎに生きむ日の自己確認ぞ詠みゆく歌は　（未然形）窪田章一郎

春の木は水気（すゐき）**ゆたかに**鉈（なたぎ）切れのよしといふなり春の木を伐る　（連用形）若山　牧水

茶の粉の青**微かに**て**不可思議**の耀ひに充つ茶筒のうちは　（連用形・語幹）田谷　鋭

こころみにわかき唇（くちびる）ふれて見れば**冷**（ひやや）**かなる**よしら蓮の露　（連体形）与謝野晶子

死のかたち**さまざまなれ**ばわれならば桜桃を衣嚢（ポケット）に満たしめて　（已然形）塚本　邦雄

いましばしわが冬の鬼も**しづかなれ**阿蘇の火を消す雪も降らねば　（命令形）築地　正子

一首目の「ただならぬ」は普通ではない、大変な、二首目の「水気ゆたかに」は連用形中止法、三首目の「不可思議」は語幹のみの用法、四首目の「冷かなるよ」は冷ややかなことよ、五首目は死というかたちは様々なため、私だったら……の意を表わします。六首目の「しづかなれ」は静かにあれと命令します。

2 タリ活用とおもな用法

不尽（ふじ）の山**れいろうと**してひさかたの天（てん）の一方におはしけるかも　（連用形）北原　白秋

たかだかとゆく雁を山川のあらき川原にたちて仰ぎぬ　（連用形）山下　陸奥

青年ら**嫋嫋たる**かなゼミ室にいたく愛らしき着信音聞こゆ　（連体形）島田　修三

一首目の「れいろうと」は連用形です。「して」に連なって、下の句全体を修飾しています。二首目の「たかだかと」はそのまま「ゆく」に連なっています。三首目の「嫋嫋たる」は連体形でそのまま「かな」に連なって、今どきの青年らのソフト化に迫っています。

助動詞

助動詞は活用する付属語で、名詞や動詞などいろいろな自立語に接続して使われます。「付属語」とはいえ、付いた自立語に決定的な意味を与えますので、とても重要な単語になります。助動詞の使い方ひとつで詠嘆を表現したり、時制を表わしたり、推量や断定なども表現することができます。自分が表現する上でも、また人の作品を鑑賞するときにも助動詞をよく知っていると短歌とより深くかかわることができます。文語の助動詞は現代語よりもその種類は多いので、表現を豊かに広げることができます。多いとは言っても助動詞の数は限られていますので、なるべく多くを、次の三つの分類基準を念頭に覚えることをお勧めします。

①意味　小さな言葉でも意味を持った大きな存在の助動詞です。正しく使えるように基本の意味をおさえて、慣れないうちはテキストで確認するようにしましょう。

②接続の仕方　活用語の未然形、連用形、終止形に接続するものがほとんどです。他に連体形、体言などに接続するものもありますので、しっかり把握しておきましょう。

③活用の仕方　助動詞の活用は多く用言の活用に類似しているので、四段活用型、ラ変型、ク活用型などと分類できます。それぞれ変則的な活用ですので注意して覚えましょう。

◆三種類の分類

①意味による分類

意味	助動詞
自発・可能・受身・尊敬	る・らる
使役・尊敬	す・さす・しむ
打消	ず
過去	き・けり
完了	つ・ぬ・たり・り
推量	む・むず・らむ・けむ・べし・まし・らし・めり
伝聞・推定	なり
打消推量	じ・まじ
断定	なり・たり
願望	まほし・たし
比況	ごとし

②接続による分類

接続	助動詞
未然形に接続	る・らる・す・さす・しむ・ず・む・むず・まし・じ・まほし
連用形に接続	き・けり・つ・ぬ・たり（完了）・けむ・たし
終止形に接続	（ラ変活用する語には連体形）べし・らむ・らし・めり・なり（伝聞・推定）・まじ

その他

接続	助動詞
体言・連体形・助詞・副詞に接続	なり（断定）
体言に接続	たり（断定）
四段の命令形・サ変の已然形に接続	り（四段の已然形とも）
体言・連体形・特定の助詞に接続	ごとし

③活用の型による分類

型		助動詞
動詞型	四段型	む・らむ・けむ
	下二段型	る・らる・す・さす・しむ・つ
	ナ変型	ぬ
	ラ変型	けり・たり（完了）・り・めり・なり（伝聞・推定）
	サ変型	むず
形容詞型	ク活用型	べし・たし・ごとし
	シク活用型	まじ・まほし
形容動詞型	ナリ活用型	なり（断定）
	タリ活用型	たり（断定）
特殊型		ず・き・まし・らし・じ

① る・らる（受身・尊敬・自発・可能の助動詞）

基本の形	未然形	連用形	終止形	連体形	已然形	命令形	活用の型
る	れ	れ	る	るる	るれ	れよ	下二段型
らる	られ	られ	らる	らるる	らるれ	られよ	下二段型

「る」は四段・ナ変・ラ変活用の動詞の未然形に付けます。「らる」は上一段・下一段・上二段・下二段・カ変・サ変活用の動詞の未然形に付けます。

受身は他からある動作を受けることで、口語の「される」「られる」に当たります。

いつのまにかこの世の子供の一人となりものいふ吾子におどろか**れ**つつ　（連用形）五島美代子

着脹れを咎めだてするゴッホの目　射すくめ**られ**てまた一つ老ゆ　（連用形）由田　欣一

おのづから運河をのこす埋立に三井埠頭は設け**られ**たり　（連用形）土屋　文明

なにとなく君に待た**るる**ここちして出でし花野の夕月夜かな　（連体形）与謝野晶子

受身の場合、動作を受ける相手を「……に」の形で示します。命令形は活用しません。

尊敬は目上の人の動作に敬意を表わすために用います。最近の短歌には尊敬語をあまり用いませんが、贈答歌など作るときに使うことがあります。（☞P215参照）

昭和初年ころまでは自分の父母にまで、「父いつか背低き老となられけり」「老母の眠りをられぬ」など、敬意を表わしました。近ごろは「師の歌評なされき」「歌の師の評さるる」など、師の動作に敬意を表わす場合によく使っています。

自発は、ある動作が自然に行なわれることで、口語の「自然に……される」にあたります。

林よりつと白き犬はしりいで秋のこころは脅やかされ**れ**ぬ　（連用形）金子　薫園

唇を捺されて乳房熱かりき癌は嘲ふがにひそかに成さ**る**　（終止形）中城ふみ子

可能は、ある動作を行なうことができることを表わします。以前は多く打消し語を伴って不可能の表現に用いました。

少女死するまで炎天の縄跳びのみづからの圓驅けぬけ**られ**ぬ　（未然形）塚本　邦雄

わたしより解き放た**るる**〈うた〉〈ことば〉売りに出さんと付箋紙とれば　（連体形）藤島　秀憲

一首目は打消しの助動詞「ぬ」を伴って不可能を表わします。

② す・さす・しむ（尊敬・使役の助動詞）

基本の形	未然形	連用形	終止形	連体形	已然形	命令形	活用の型
す	せ	せ	す	する	すれ	せよ	下二段型
さす	させ	させ	さす	さする	さすれ	させよ	下二段型
しむ	しめ	しめ	しむ	しむる	しむれ	しめよ	下二段型

「す」は四段・ナ変・ラ変動詞の未然形に付けます。「さす」は上一段・下一段・上二段・下二段・カ変・サ変動詞の未然形に付けます。「しむ」は用言と助動詞の未然形に付けます。

尊敬は主に「給ふ」「らる」などの語と共に用いてその意を強めます。

使役は他に動作をさせることです。

いもうとの小さき歩みいそが**せ**て千代紙かひに行く月夜かな　（連用形）木下　利玄

氷片に五彩の色を凍ら**しめ**大空深き太陽しずむ　（連用形）武川　忠一

無産派の理論より感情表白より現前の機械力専制は恐怖せ**しむ**　（終止形）土屋　文明
夾竹桃は人よりえらくその花は高みに咲きて人を仰が**す**　（終止形）田中あさひ
さびしらに浅間葡萄も吸ひて見む人酔は**しむる**毒ありといふ　（連体形）片山　廣子
朝酒はやめむ昼ざけせんもなしゆふがたばかり少し飲ま**しめ**　（命令形）若山　牧水

六首目の「少し飲ましめ」は、「飲ましめよ」と念押しする「よ」を省略しています。
使役は他に動作をさせることですが、次のように「しむ」を自分自身に用いることもします。

榧（かや）の大木（おほき）春のすがしき香の下に熱あるわが身しづかなら**しむ**　（終止形）佐藤佐太郎
二十二歳の若き遺影のをさなさの残る笑顔がわれを泣か**しむ**　（終止形）桑原　正紀

③ず（打消しの助動詞）

基本の形	未然形	連用形	終止形	連体形	已然形	命令形	活用の型
ず	ず ざら	ず ざり	ず	ぬ ざる	ね ざれ	ざれ	特殊型

「ず」は口語の「ない」に当たり、活用語の未然形に付けて用います。「ず・ず・ず・ぬ・ね」と「ずあり」が熟合した「ざら・ざり・ざる・ざれ・ざれ」の二通りに活用します。

来**ず**ば憂し、はた来らむも何かせむ、しかあれど日のうするる夕　（未然形）平野　万里

声ひくしひくくしあれど真心のこゝ天地にとほら**ざら**めや　（未然形）佐佐木信綱

「来ずば」は来ないならば、と仮定して述べる用法です。「とほらざらめや」は通らないことがあろうか、通らないはずがない、と反語を表わします。

婉曲に言ひたりしかば伝はら**ず**伝はら**ざり**しことに安らふ　（終止・連用形）大西　民子

白鳥は哀しから**ず**や空の青海のあをにも染ま**ず**ただよふ　（終止・連用形）若山　牧水

捨てばちになりてしまへ**ず**　眸のしづかな耳のよい木がわが庭にあり　（終止形）河野　裕子

二首目の「白鳥は哀しからずや」は白鳥は哀しくないのだろうか、と問いかけを表わします。「染まずただよふ」は染まらないまま漂っている、と状態を表わします。

地球より離れゆけ**ざる**かなしみのあらむか月のひかり潤めり　（連体形）大塚　寅彦

おいとまをいただきますと戸をしめて出てゆくやうにゆか**ぬ**なり生は
（連体形）斎藤　史

二首目の「出てゆくやうにゆかぬなり」は出てゆくようにはゆかないものだ、と物事が順調に行なわれないことを断定します。

叛き去りし子が住む家は訪は**ね**ども線路ばたなれば電車より見る（已然形）吉野　秀雄

植え**ざれ**ば耕さ**ざれ**ば生ま**ざれ**ば見つくすのみの命もつなり（已然形）馬場あき子

一首目の「訪はねども」は訪わないが、の意味を表わして後を逆接します。二首目の「植ゑざれば耕さざれば生まざれば」は植えないので耕さないので生まないので、と原因・理由を表わして後を順接します。

「ざら」「ざり」「ざる」「ざれ」はザリ活用といい主に他の助動詞と助詞へ続ける場合に使います。

否定を表わす「ず」は日常でも手紙や日記などに用いるため、概ね正しく使われていますが、表現が常套的でかた苦しさが感じられます。

④き（過去の助動詞）

基本の形	未然形	連用形	終止形	連体形	已然形	命令形	活用の型
き	（せ）	○	き	し	しか	○	特殊型

「き」は用言（動詞・形容詞・形容動詞）と他の助動詞の連用形に付けて用います。

子を乗せて木馬しづかに沈むときこの子さへ死ぬのかと思ひ**き**　（終止形）大辻　隆弘

「思ひき」は思ったという意です。

菜の花の蕾つぶしゐつ吾かつてひたむきに人を愛せ**し**や　（連体形）尾崎左永子

「愛せしや」は助動詞「や」を伴って、私はかつてひたむきに人を愛したことか、と過去の事柄を回想し、自分に問いかけます。「愛せしことや」「愛せしものや」を省略しています。

ささぐべき栗のここだも掻きあつめ吾はせ**しか**ど人ぞいまさぬ　（已然形）長塚　節

「吾はせしかど」は助詞「ど」へ続けて、私は人に差し上げようと栗を沢山あつめることを以前にはやったけれど、と過去の行為を回想して後文を逆接します。
未然形の「せ」は「……せば……まし」という特別な形で使われます。反実仮想といい、実際にないことを「もし……であったなら……だろうに」という意味で、「ば」は接続助詞です。

世の中にたえて桜のなかりせば春の心はのどけからまし　在原　業平

という古今集の有名な歌があります。現代ではほとんど使われなくなりましたが、「……せば」という仮想表現もあると覚えておくと表現の広がりもできるでしょう。（P128参照）

※チェック　ここで注意すべきことがあります。「し」「しか」はサ変動詞には未然形「せ」に付けて用いるということです。連用形に付けると「愛しし」「ししか」などと「し」音が続いて音韻が不自然になるためです。「愛せし」「せしか」などの形にすることを覚えてください。文語では「愛す」はサ変のみですが、口語では五段活用の「愛す」サ変の「愛する」もありますから注意しましょう。

ここまでの引例歌は、自分が過去に経験した事柄を確信的に回想していう表現でした。次の歌は、過去の動作・作用が完了してその結果が残っている表現に用いたものです。

かたはらに眠る人あり年かけてこの存在を問ひ来しと思ふ　（連体形）稲葉　京子

「問ひ来しと思ふ」は問いつづけたと思うの意を表わします。

「問ひ来し」は終止形を示します。というのは終止形「き」を用いると「問い来き」と「き」音が重なるからです。「問ひ来し」の「こ（き）」はカ変の動詞「来」の未然形（または連用形）です。

過去の助動詞「き」の連体形「し」と已然形「しか」はカ変とサ変の動詞に接続するときは次のように変則的になりますので注意しましょう。「こき」「きき」「せき」「しし」「ししか」という表現はありません。

		終止形 き	連体形 し	已然形 しか
来（カ変）	未然形 こ	こき×	こし○	こしか○
	連用形 き	きき×	きし○	きしか○
す（サ変）	未然形 せ	せき×	せし○	せしか○
	連用形 し	しき○	しし×	ししか×

過去の助動詞「き」は、動詞の活用形では表現できない過去の事柄や過去の動作の完了などを表現する場合に用いることがわかったことと思います。

一般的に見て、最も多く使われているのは「し」ですが、過去のことでも一首の中に複数使われると表現がくどくなりますので注意しましょう。

⑤ けり（過去・詠嘆の助動詞）

基本の形	未然形	連用形	終止形	連体形	已然形	命令形	活用の型
けり	（けら）	○	けり	ける	けれ	○	ラ変型

「けり」は**過去・回想**の助動詞です。古典では伝聞などに多く用いられました。俳句では代表的な切字になっています。用言と他の助動詞の連用形に付けて用います。古代から和歌でもよく詠嘆的感動を込めて使われます。現代でも詠嘆、驚きの感情を表わしたり、見たことに対して意外の感情を持った時などに使われます。

我が行くは憶良(おくら)の家にあらじかとふと思ひ**けり**春日(かすが)の月夜　（終止形）佐佐木信綱

「ふと思ひけり」は、ふと思ったのであった、と過去を思いおこして述べます。過去の事実だけを述べるのではなく、自分がふと思ったことに対する驚きも「けり」で表現されています。

網曳(アビ)きする村を見おろす阪のうへ　にぎはしくして、さびしくあり**けり**

（終止形）釈　迢空

「さびしくありけり」は、さびしく感じたのだなあ、と今迄知らなかった事実に初めて気付いた感動を込めます。

移り来てまだ住みつかず白藤のこの垂り房もみじかかり けり　（終止形）北原　白秋

「みじかかりけり」は短いことだなあ、と目前の事実に詠嘆します。

大名牟遅少那彦名（おほなむちすくなひこな）のいにしへもすぐれて好き（よ）は人嫉（ねた）み けり　（終止形）与謝野鉄幹

「人嫉みけり」は人をねたんだということだ、と伝聞の気持を表わして述べます。

Coca Cola の緑の瓶が整然と運び去られて秋は来に けり　（終止形）紀野　恵

「秋は来にけり」は秋が来たのだなあという詠嘆です。Coca Cola の緑の瓶との取り合わせが作品の妙となっています。

をりをりの吾が幸（さいはひ）よかなしみをともに交へて来り けら ずや　（未然形）佐藤佐太郎

「来りけらずや」は来たのではないかなあ。「けらずや」は上代で盛んに用いられました。

⑥つ（完了の助動詞）

基本の形	未然形	連用形	終止形	連体形	已然形	命令形	活用の型
つ	て	て	つ	つる	つれ	てよ	下二段型

「つ」は用言の連用形に付けて用います。「つ」は「ぬ」に比べて意志的・作為的・動作的ですから多く他動詞に付けます。

身にしみて淋しかりつとおもひつる夕べの風は雨となりけり

（終止・連体形）太田　水穂

らんぷの灯届かぬ部屋に寝たる子の柔(やは)き髪寄りて撫でつも

（終止形）三ヶ島葭子

地下道を出で来つるとき所有者のなき小豆色(あづきいろ)の空のしづまり

（連体形）佐藤佐太郎

一首目の「淋しかりつ」は身に沁みて淋しさを感じていた、と作為的に述べる用法です。「おもひつる」は先刻より思っていた、と動作の確認を表わして「夕べの風」を修飾します。二首目の「撫でつも」は助詞「も」を伴い、撫でてあげたことよ、と意志的動作の完結を感動して述べます。三首目の「地下道を出で来つるとき」は地下道から外へ出ていったとき、と既に実現している事態を全体で名詞形にします。

「つ」については一般的な使用例はさほど多くなく、「つ」とすべき箇所に「ぬ」を使っているのが目立ちます。「ぬ」は「咲きぬ」「曇りぬ」「老いぬ」など自然的な自動詞に付けて、「つ」は「言ひつ」「待ちつ」「争ひつ」など行動的な他動詞に付ける、というのが原則です。

⑦ ぬ（完了の助動詞）

基本の形	未然形	連用形	終止形	連体形	已然形	命令形	活用の型
ぬ	な	に	ぬ	ぬる	ぬれ	ね	ナ変段型

「ぬ」は用言の連用形に付けて用います。

蟻の壜忘れてあり**ぬ**　今のいまたふれて蟻のあふれむとする　（終止形）高木　佳子

「蟻の壜忘れてありぬ」は蟻の壜が忘れてあった、とまずは読者の視線を蟻の壜に一点に集める効果があります。

一疋がさきだち**ぬれ**ば一列につづきて遊ぶ鮒の子の群　（已然形）若山　牧水

「さきだちぬれば」は助詞「ば」へ続けて、急に先立ってしまうと、または、先立ってしまったので、と予期に反する状態を確認して後を順接します。

われも世に生きゆくすべはありぬべし朝顔の花のしろき一輪　（終止形）土岐　善磨

「ありぬべし」は確かにあるだろう。または、必ずあるにちがいない。

終止形の「ぬ」に推量の助動詞「べし」を付けた「ぬべし」は、推量の「べし」を強めた確信的表現になります。「……てしまいそうだ」「……できそうだ」など推量を強調したり、可能を表わしたりします。

「ぬ」は同じ完了の助動詞「つ」に比べて、自然推移的・無意識的な動作・作用が完了する場合に用います。そのため自動詞に多く付けます。

⑧たり（完了・存続の助動詞）

基本の形	未然形	連用形	終止形	連体形	已然形	命令形	活用の型
たり	たら	たり	たり	たる	たれ	たれ	ラ変段型

「たり」は用言と他の助動詞の連用形に付けて用います。「……てあり」がつづまったものです。

鶏卵を割りて五月の陽のもとへ死をひとつづつ流し出し**たり**　（終止形）栗木　京子

「流し出したり」は鶏卵を食物としてではなく生きものの源として捉え、人は日常的に命を頂いているということを確信的に述べます。

墓地に咲く花摘むことも生計のひとつでありたる花屋の一族　（連体形）仙波　龍英
白きうさぎ雪の山より出でて来て殺され**たれ**ば眼（め）を開き居り　（已然形）斎藤　史

一首目の「生計のひとつでありたる」は墓地の花を摘むことさえも生業であり、今も続いていることを表わして「花屋の一族」へ導いています。二首目の「殺されたれば」は助詞「ば」へ続けて、殺されてしまっているので、と済んだ結果が続く状態を表わして後を順接します。

との曇る春のくもりに桃のはな遠くれなゐの沈み**たる**見ゆ　（連体形）古泉　千樫

「遠くれなゐの沈みたる」は、ぼうと紅色の沈みつづけているのが、と完結した状態を体言化します。

※チェック　ここで注意すべきことがあります。初心者は動作・作用の完了した結果が存続する表現に「たる」より「し」を多く使う傾向があります。短詩型が一音でも少ない語を要求するのだと思いますが、過去の助動詞である「し」は、過去の動作・作用の結果が残っていることで結

果が今も続く状態を表わす「たる」とは微妙なちがいがあります。推敲の際に検討してみてください。

野焼あとの焦げし草生→野焼して焦げたる草生

化粧して装束つけし幻らが→化粧して身を飾りたる幻らが

次は「たる」ではなくて「し」を使うほうが正しいものです。

用の足りたる受話器置く→こと足り終へし受話器置く

馬鈴薯の芽をゑぐりたる包丁のくもりを流す→馬鈴薯の発芽ゑぐりし包丁のくもりを流す

両者の違いをいえば、「し」は過去を指しますから、巷間見かける「選ばれし者」というのは、「過去（ある時点）に選ばれた者」というニュアンスが強いので、今なお選ばれた状態が存続するという「現在のエリート」を指すなら「選ばれたる者」がよりふさわしいといえます。

⑨り（完了・存続の助動詞）

基本の形	未然形	連用形	終止形	連体形	已然形	命令形	活用の型
り	ら	り	り	る	れ	れ	ラ変段型

「り」は動詞の連用形に「あり」を付けたものが熟合し、その語尾が助動詞となったものです。

例えば「吹きあり」が「吹けり」と熟合して「り」が独立したのです。四段活用には命令形（已然形とも）に付けて用います。ただし、サ変動詞には未然形に付けます。下二段活用には付けられませんのでこの点に特に注意が要ります。たとえば、下二段活用の「捨つ」に「り」を接続させて「捨てり」とするのは誤りです。この場合は「捨てけり」または「捨てたり」としなければなりません。

完了の意を表わしますが、同じ完了の「たり」が動作の結果が存在する意に対し、「り」は動作の現在までの継続や、継続して在ること、また進行を表わす機能を強くもっています。そのため主に持続的な動作・作用を表わす動詞に付けます。

官僚のごとき物言いする人のシンメトリーな眉毛を持てり　（終止形）花山　周子
浄き(きよ)もの常にかよへる丘の上に銀杏の一樹(ひとき)黄いろになりぬ　（連体形）佐藤佐太郎

一首目の「シンメトリーな眉毛を持てり」は今もこれからも継続することを表わします。二首目の「常にかよへる」は常に通いつづけている、と作用が継続して在ることを表わして「丘の上に」を修飾します。

みずからの灯りを追って自転車は顔から闇へ吸われてゆけり　（終止形）大森　静佳

「吸われてゆけり」は吸われていった、と景色の完結を表わします。

水引の紅みえがたくふれがたくそこより秋のまなことなれる　（連体形）雨宮　雅子

「秋のまなことなれる」は次第に秋を探る眼付きになっていることだ、と状態が変化・進行することを感動して述べます。

初心者の中には動詞の終止形や連体形止めでよいところ、または同じ完了の「たり」「ぬ」「つ」にすべき個所に「り」を用いる人を見かけます。「り」は語感が鋭くて固い感じなので、ここぞというところに使うことが大切です。

●完了の助動詞「たり」と「り」の違い

ひとことで言うと、「たり」は万能ですが、「り」は限定的にしか使われないということです。複雑なのであらためて詳細に書きます。

「たり」はすべての連用形に接続し、「り」は四段活用の命令形（已然形）、サ変の未然形に接続します。上段が、「たり」の例、下段が「り」の例です。

四　段	「聞く」	聞きたり（連用形）	聞けり（已然形）
上二段	「起く」	起きたり（連用形）	×
下二段	「捨つ」	捨てたり（連用形）	×（捨てり、は誤り）
カ　変	「く」	きたり（連用形）	×
サ　変	「す」	したり（連用形）	せり（未然形）

※チェック　特に注意したいのは下二段活用に接する「り」です。捨てり（連用形＋り）とするのは誤り。この場合は「たり」または「けり」を用いて「捨てたり」「捨てけり」とします。

⑩む（ん）（推量・意志の助動詞）

基本の形	未然形	連用形	終止形	連体形	已然形	命令形	活用の型
む（ん）	○	○	む（ん）	む（ん）	め	○	四段型

「む」はンと発音するので「ん」とも書きます。活用語の未然形に付けて用います。終止形・連体形・已然形だけに活用します。

たまきはる命みじかくたふとかりかならず酒をわれつつしま**む**（終止形）　古泉　千樫

「われつつしまむ」は私はつつしむつもりだ、と自身の行為を決心します。自分の動作に付ける場合の「む」は、「……しよう」「……するつもりだ」と意志・決意を表わします。

人妻をうばはむほどの強さをば持てる男のあらば奪られ**む**（連体・終止形）岡本かの子

「奪られむ」は、うばわれたい。うばってほしい。と他人の動作に期待して希望します。「うばはむほどの」は奪うようなくらいの、と「奪ふ」ことを不確実に遠回しに言う用法です。形式名詞や体言へ続けたり、まだ実現していない事柄なども予想して言う用法です。

滲滲とあめの漏刻をききてをり侵蝕はかくひそかならむか（連体形）生方たつゑ

「かくひそかならむか」は助詞「か」を伴って、このようにひそかなものだろうか、と密かな状態を想像し疑問を表わします。

青駒のゆげ立つる冬さいはひのきはみとはつね夭折ならむ（終止形）吉田　隼人

「夭折ならむ」は夭折なのだろうと未来を予想します。

しづかなる睦月の海に漕ぎいでて海、そらとなる涯を見むとす（終止形）岡野　弘彦

「そらとなる涯を見むとす」は海が空となる境界を見ようとする意思を表わしています。

⑪ むず（推量の助動詞）

基本の形	未然形	連用形	終止形	連体形	已然形	命令形	活用の型
むず（んず）	○	○	むず（んず）	むずる（んずる）	むずれ（んずれ）	○	サ変型

「むず」は活用語の未然形に付きます。

「む」とほぼ同じように推量の意味で用いますが、会話文に用いられることが多く、歌では用例はほとんどありません。

⑫ べし（推量・可能・適当・予定の助動詞）

基本の形	未然形	連用形	終止形	連体形	已然形	命令形	活用の型
べし	べく べから	べく べかり	べし	べき べかる	べけれ	○	ク活用型

「べし」は動詞の終止形に付けて用います。ただしラ変型活用の語には連体形に付きます。形容詞、形容動詞の連体形に付くこともあります。

本所深川あたり工場地区の汚さは大資本大企業に見る**べく**もなし（連用形）　土屋　文明

「見るべくもなし」は見ることさえできない。

「べく」は可能「……できる」の意を表わしますが、後に「もなし」の否定語を伴った場合、「……さえもできない」「余地もない」の意となります。

行先のなき雨の日を山の辺の花に逢ふ**べく**出でて来りぬ　（連用形）　島田　修二

「花に逢ふべく」は、きっと桜の花に逢えるだろうと。いろいろ考えてみた結果、そう判断する意を表わします。

おとうとの死もてはろけきみんなみの海よかがやく標的（まと）となる**べし**　（終止形）　佐藤よしみ

馬追虫（うまおひ）の髭のそよろに来る秋はまなこを閉ぢて想ひ見る**べし**　（終止形）　長塚　節

葉がくれに批把の花咲きのぼる**べき**坂のおもてを陽は流れをり　（連体形）　雨宮　雅子

一首目の「標的となるべし」はきっとそうなるべきであろうと推量します。二首目の「想ひ見るべし」は、じっくりと考えてみるのがよいだろう。「べし」は動作をそうすべきが適当だと判断します。三首目は「のぼるべき坂」は、これから登ることになっている坂。予定の意を表わします。

形容詞、形容動詞に接続する場合は「美しかるべし」「堂々たるべし」などの形に限られています。

⑬ けむ（過去推量の助動詞）

基本の形	未然形	連用形	終止形	連体形	已然形	命令形	活用の型
けむ（けん）	○	○	けむ（けん）	けむ（けん）	けめ	○	四段型

「けむ」はケンと発音するので「けん」とも書きます。活用語の連用形に付けて用い、終止形・連体形・已然形だけに活用します。

泣くことの楽しくなりぬみづからにあまゆるくせのいつかつき**けむ**
（連体形）岡本かの子

君が手とわが手とふれしたまゆらの心ゆらぎは知らずやあり**けん**
（連体形）太田　水穂

一首目の「いつかつきけむ」は何時ごろ付いたのだろうか、と過去のいつであるか不明の時を推量します。二首目の「知らずやありけん」は（私の）心のゆらぎはご存じなかったのでしょうか、と過去の事柄の原因・理由を推量し質問します。

老いて子に従ふといふこと如何ばかり満ちたりて人のいく世いひ**けむ**
（終止形）五島美代子

螢光灯またたくさまにわが心音ときにまたたく古びたり**けむ**
（終止形）桑原　正紀

一首目の「いひけむ」は「如何ばかり」「いく世」の「イ音」と呼応し、どれほど人が満足してどれほど多くの世代が言ったのだろうか、と過去の事実を不確実に想像します。二首目の「古びたりけむ」は古びたのだろう、過去を推量します。

「けむ」を用いて過去のある事実を推量するポイントは、時、場所、人、原因・理由を、疑問詞や疑問を示す助詞などと呼応して用いることです。「にけむ」は「……してしまっただろう」。

⑭ らむ（推量の助動詞）

基本の形	未然形	連用形	終止形	連体形	已然形	命令形	活用の型
らむ（らん）	○	○	らむ（らん）	らむ（らん）	らめ	○	四段型

「らむ」はランと発音するため「らん」とも書きます。活用語の終止形（ラ変型活用のみ連体形）に付けます。終止形・連体形・已然形にのみ活用します。

病みこやす君は上野のうら山の桜を見つつ歌詠む**らむ**か　（連体形）伊藤左千夫

「歌詠むらむか」は疑問の助詞「か」を伴って、今ごろ歌を詠んでいるだろうか、と現在の事態を疑問表現で想像します。「君」は根岸庵に臥す正岡子規を指します。

この秋の寒蟬（かんせん）のこゑの乏（とぼ）しさをなれはいひ出づ何思ふ**らめ**　（已然形）吉野　秀雄

「何思ふらめ」は何の理由で思うことか、と原因・理由を疑問表現で推定して感動を表わします。

ああ愛弟鶺鴒のなくきりぎしに水をゆあみていくよ経ぬ**らむ**　（終止形）山中智恵子

「愛弟」は本来は同母弟ですが、ここでは愛情をこめて呼びかけています。「いくよ経ぬらむ」は幾年月を今ごろは過ごしてしまっているだろうか、と推量します。「ぬらむ」「つらむ」と完了の助動詞「ぬ」「つ」に付けて用います。

「らむ」は「らし」に比べて、疑いの気持を強く述べるとき疑問語と共に用いて想像・推定する助動詞です。

⑮ めり（推量の助動詞）

基本の形	未然形	連用形	終止形	連体形	已然形	命令形	活用の型
めり	○	めり	めり	める	めれ	○	ラ変段型

「めり」は活用語の終止形に付きます。ただしラ変型活用の語には連体形に付きます。今目の前に見えていることに対して推量し、「……のように見える」「……のようだ」にあたります。散文に使われることが多く、短歌での用例は少なく、中世以後はあまり使われなくなりました。

⑯らし（推量の助動詞）

基本の形	未然形	連用形	終止形	連体形	已然形	命令形	活用の型
らし	○	○	らし	らし らしき	らし	○	特殊型

「らし」は活用語の終止形に付けます。ラ変型活用には連体形に付けます。主に終止・連体形を使います。

横断歩道の人波ながめて警官が立ちをりやがてデモ隊来る**らし**（終止形）小潟　水脈
冬の星鳴り交ふ空の内耳にて誰(た)がのこぎりぞ樹を挽く**らしき**（連体形）前　登志夫

一首目の「デモ隊来るらし」は警官が人波を眺めている雰囲気を察知し、デモ隊が来るに違いないと確信的に現在の状態を推定します。二首目の「誰がのこぎりぞ樹を挽くらしき」はその前で、冬の星が鳴り交う内耳のような空にという現実の状況を述べることで、誰かがのこぎりで樹を挽くらしい音が聞こえるようだ、と現在の状態を推定します。

⑰まし（推量・願望の助動詞）

基本の形	未然形	連用形	終止形	連体形	已然形	命令形	活用の型
まし	ましか（ませ）	○	まし	まし	ましか	○	特殊型

「まし」は活用語の未然形に付けます。前述の「む」に比べて主観的な推量・想像を表わします。

足たたば不尽の高嶺のいただきをいかづちなして踏みならさ**まし**を　（終止形）正岡　子規

身のいたしゆたのたゆたに縞葦のひたれる川にわれも入ら**まし**　（終止形）与謝野晶子

一首目は「……ば……まし」の形をとり、もしも足が立ったならば踏み鳴らすだろうに、と実現しそうもないことを仮定してその結果を想像します。「を」は感動の助詞です。

このように事実に反することを仮に想像して表現することを**「反実仮想」**といいます。

……ましかば……まし　　……ませば……まし

……せば……まし　　……ば……まし

のように表現します。「もし……ならば……だろうに」という意味で、文語としては特殊な表現方法ですので、覚えておくといいと思います。二首目の「われも入らまし」は、もし縞葦（しまあし）だったら私も入れてよかったのに、とあきらめの意を伴う表現になります。

一度は我がため泣きし男なりこの我がままもゆるし置かまし　（終止形）岡本かの子

「ゆるし置かまし」は今度の私のわがままも許しておいてほしい、と相手に対する願望を表わします。

おごそかに吾（われ）によりくる一歩（ひとあゆみ）　吾はも終（つひ）に母なら**ましか**　（已然形）五島美代子

「吾はも終に母ならましか」は、ああ私もついに母親であるのだなあ。とためらいを含む感動を表わします。

⑱じ（打消しの推量・打消しの意思の助動詞）

基本の形	未然形	連用形	終止形	連体形	已然形	命令形	活用の型
じ	○	○	じ	じ	じ	○	特殊型

「じ」は活用語の未然形に付けて用います。現在は終止形だけが用いられています。

直叙の裏にしばしば暖き心読みてなごむは吾れのみにあらじ　（終止形）吉田　正俊
見じ聞かじさてはたのまじあこがれじ秋ふく風に秋たつ虹に　（終止形）山川登美子

一首目の「吾れのみにあらじ」はわたしだけではないだろうの意です。二首目の「見じ聞かじ」「たのまじあこがれじ」の四つの「じ」は、作者の動作に付けて、見ないようにしよう、聞かないようにしよう、たのまないようにしよう、あこがれないようにしよう、と否定表現の意思を表わします。この場合の「じ」は、副詞「ゆめ」と共に用いる「ゆめ思はじ」（決して思わないつもりだ）という否定表現の決意よりもいくぶん柔らいだ表現になります。

「じ」は先に説明した推量の助動詞「む」の打消しに相当します。

⑲まじ（打消しの推量の助動詞）

基本の形	未然形	連用形	終止形	連体形	已然形	命令形	活用の型
まじ	まじく まじから	まじく まじかり	まじ	まじき まじかる	まじけれ	○	シク活用型

「まじ」は活用語の終止形（ラ変型活用には連体形）に付けて用います。口語の「まい」に当たります。

全体のまへに滅（めつ）すべき個といへどあはれ若者のゆめはつぶす**まじき**ぞ　（連体形）坪野　哲久

「つぶすまじきぞ」は、つぶすべきではないことだ、と「つぶす」行為を当然・義務の意で否定します。「ぞ」は断定を表わします。

命永かる**まじき**おもひをわれ秘めて信濃高遠の花に今日在り　（連体形）吉野　秀雄

「命永かるまじき」は命が長くはなさそうな、と「命永し」を否定表現で推量して、体言「おもひ」にかかります。「まじ」は先に説明した推量の助動詞「べし」の打消しに相当します。

⑳ なり（伝聞・推定の助動詞）

基本の形	未然形	連用形	終止形	連体形	已然形	命令形	活用の型
なり	○	なり	なり	なる	なれ	○	ラ変型

伝聞・推定の「なり」は用言の終止形（ラ変型活用は連体形）に付けて用います。短歌では伝聞は殆ど用いられていないようです。

　母よ母よ息ふとぶととはきたまへ夜天（やてん）は炎（も）えて雪零（ふら）す**なり**　（終止形）坪野　哲久

「夜天は炎えて雪零すなり」は夜空では雪が炎のように燃え上がり、さかんに雪を降らしているのだ、と推定します。

「なり」は物が見えなくても音が聞こえることなどにより「……らしい」と推量し判断します。そのために「なり」は、しばしば「音す」「騒ぐ」「鳴く」「とよむ」など、音を示す動詞に付けて用いられます。また「男もすなる日記といふもの」のように、うわさに聞いて「……らしい」という伝聞の使い方もあります。

　あつあれは人が生まるるはるかまへ永遠**なる**宇宙が青青つづく　（連体形）砂田　暁子

「永遠なる宇宙」というのは、推測のような伝聞のような認識です。空の青さが宇宙なのだなあ、という感懐を改めて感じて表現しているのです。

㉑ なり（断定の助動詞）

基本の形	未然形	連用形	終止形	連体形	已然形	命令形	活用の型
なり	なら	なり に	なり	なる	なれ	なれ	ナリ活用型

断定の「なり」は体言と活用語の連体形に付けて用います。「にあり」の略です。

この夕べ萩の白花を揺りこぼす神**なら**ぬ者をわれは懼（おそ）るる（未然形）稲葉 京子
喪ひしものらふたたびあつまれる輝き**なら**む柘榴みのりて（未然形）小中 英之
ひとり生きひとり往かむと思ふかなさばかり猛きわれ**なら**なくに（未然形）吉井 勇
鳥黐がつきたるようなこの日々を夫だけの所為とも言い切れぬ**なり**（終止形）衛藤 弘代

一首目の「神ならぬ者を」は神ではない者を。二首目の「輝きならむ」は輝きであるような。三首目の「われならなくに」は我ではないのになあ。四首目の「言い切れぬなり」は日々の原因を夫だけの所為ではないと断定しています。

断定の「なり」は上の語の状態・動作をはっきり指定し、文末では「……だ」の意を表わします。

㉒ たり（断定の助動詞）

基本の形	未然形	連用形	終止形	連体形	已然形	命令形	活用の型
たり	たら	たり と	たり	たる	たれ	たれ	タリ活用型

一夏過ぐその変遷の風かみにするどくジャック・チボー**たら**むと（未然形）小池　光

父**と**して幼き者は見上げ居りねがわくは金色の獅子とうつれよ（連用形）佐佐木幸綱

「たり」は名詞に付けて用います。「とあり」の略です。

一首目の「ジャック・チボーたらむと」はジャック・チボーであらうと思って。「たらむ」は上の人物の性格を断定して決意を述べます。二首目の「父として」は父親の資格で、自分の父親であるとして。「として」は上の人物の身分・状態を指定します。

㉓ まほし（願望の助動詞）

基本の形	未然形	連用形	終止形	連体形	已然形	命令形	活用の型
まほし	まほしく まほしから	まほしく まほしかり	まほし	まほしき まほしかる	まほしけれ	○	シク活用型

「まほし」は動詞の未然形に付けて用います。

崩おれて哭か**まほしき**を佇立する春の真昼の明るい闇に（連体形）福島　泰樹

手にとれば桐の反射の薄青き新聞紙**こそ**泣か**まほしけれ**（已然形）北原　白秋

一首目の「哭かまほしきを」は大声をあげて泣きたいのに、と自己の願望を表わします。二首目の「泣かまほしけれ」は「新聞紙こそ」の結びとして已然形を用いたものです。新聞紙にこそ涙を流してほしいものだ、と第三者に向けた願望を係り結び（係助詞の項参照）を使って強調して述べます。

㉔ たし（希望の助動詞）

基本の形	未然形	連用形	終止形	連体形	已然形	命令形	活用の型
たし	たく たから	たく たかり	たし	たき たかる	たけれ	○	ク活用型

「たし」は動詞の連用形に付けて用います。

蠟の灯にまろく照らさるる少年いましふくよかなれば生きたしわれは（終止形）森岡　貞香

亡母（はは）に似ると言はれし口をいろどるに又似る娘（こ）など持ちてもみたし（終止形）富小路禎子

「生きたし」は生きたい。「持ちてもみたし」はためしに持ちてみたい。自己の希望を述べます。

わが頬を打ちたるのちにわらわらと泣き**たき**ごとき表情をせり（連体形）河野　裕子

「泣きたきごとき表情」は泣きたいような表情。「たし」は現代の「……たい」にあたります。

ここは「ごとし」によって比喩表現になっています。

㉕ごとし（比況の助動詞）

基本の形	未然形	連用形	終止形	連体形	已然形	命令形	活用の型
ごとし	ごとく	ごとく	ごとし	ごとき	○	○	ク活用型

「ごとし」は体言と活用語の連体形、それに助詞「の」「が」を伴ったものに付けます。未然・連用・終止・連体形に活用しますが、未然形は余り用いられません。

見知らざる者の**ごとく**に「だれ」と問ひ竹箒にて庭を掃く君　（連用形）三井　ゆき
白壁に垂れていくすぢ黒き雨の跡しめやかな遺言(ゐごん)の**ごとし**　（終止形）古谷　智子
一輪とよぶべく立てる鶴にして夕闇の中に蒼の**ごとし**　（終止形）佐佐木幸綱
按摩機に体をゆだねて眠りゐる妻の水母の**ごとき**午後かな　（連体形）時田　則雄

「ごとし」はある物事を表現する場合、他のもっと具体的でイメージの鮮明な物事にたとえていうときに使います。たとえる物事がありふれていると効果は上がりません。
私を見知らぬ者のように見つめる人は今は亡き君である、白壁を垂れる雨の跡が遺言のようだ、夕闇に立つ鶴が一輪の花のつぼみのようだ、疲れて眠る妻が水母のようだ、というたとえかたは洗錬されています。

次の引例歌には「ごとく」の代わりに「ごと」を用いています。「ごと」は「ごとし」の語幹です。

終電車降りて吹雪の荒ぶなか手負ひの熊の**ごと**帰りゆく　島田　暉

水晶橋　雨後(うご)を渡れば逢うという時間の中を生きし日の**ごと**　道浦母都子

一首目は、手負いの熊のように疲れ切って、二首目は雨上がりの水晶橋を渡ると、かつて一瞬一瞬を大切にして生きたように二人の心が出逢う。

次に、たとえかたの訓練をしてみましょう。

花が咲く→花が○○○の如く咲く　咲く花は○○○の如し　○○○ごとき花が咲く

風が咲く→風が○○○の如く吹く　吹く風は○○○の如し　○○○ごとき風が吹く

花の場合はまず瞳、蛍火というような具体的なものを上げてたとえてみます。さらに玉城徹が、「白梅は神の遊びのごとく咲く」と表現したような技巧にも挑戦しましょう。

風の場合は薄荷の如くとした場合、さわやかですがすがしく感じられ、傷口の如きとした場合、刺すような痛さにもなります。小池光が、「いちまいのガーゼのごとき風立ちて」と表現したように繊細な表現を発見しましょう。

弁天小僧菊之助の名ぜりふは……。

何に心を遣らはばよけむ葛の花のくれなゐただれ黒みゆく野に　　前川佐美雄

森のやうに獣のやうにわれは生く群青の空耳研ぐばかり　　河野　裕子

一首目の「よけむ」はどうでしょう。どうみても過去の回想の「けむ」ではありません。これは、形容詞「よし」の未然形の古形（奈良時代）の「よけ」に推量の「む」がついて「よいだろうか」となるのですが、多くの活用表には載っていません。二首目の「やうに」については、現在の古典文法の活用表に、平安時代の用法として「やうなり」を入れているものと、室町時代以降の用法として古典文法に入れずに、口語文法として扱っているものがあります。いずれにしてもこれは口語の「ようだ」につながるので、作品の上では「口語脈」の印象を与えます。大切なことは、言葉は時代時代で変わるという認識をもって、それぞれの作品にあたることです。

例えば歌舞伎の名ぜりふに、「浜の真砂と五右衛門が歌に残せし盗人の……」とありますが、これは江戸時代の用法に依っていますから、短歌で扱うならば「残しし」が正当とされます。（過去の助動詞「き」は連用形に接続のため。「残せ」は已然形。なお、サ変との混同もあるようです。）

頭書の二首も、「よけむ」と「やうに」が歌のもつ雰囲気をそれぞれに彩っていることは見落とせません。

助詞

助詞にはいろいろの言葉に付けて、文節と文節との関係を明示し、また、文節に一定の意味を添えたり、声調を整えたりする機能があります。この作用によって、短歌に微妙な強弱や濃淡を与え、短歌にときには強い意志を吹き込んでより印象深いものに仕上げていきます。

さらに、注意すべきは、文語の助詞は、口語に比べて遥かに多種・多彩であるということです。日常語として使う、「行けども行けども」とか「愛すればこそ」などは文語を借りているのです。

また、助詞そのものが、時代と共に変化するものであり、専門家の間でも意見の分かれるところが間々あるのも事実です。ここでは、主要な語はもれなく網羅した上で、さらに、現代短歌で効果的に使われる語は、古形であっても適宜記載することにしています。

さて、助詞の種類は、格助詞、接続助詞、係助詞、副助詞、終助詞、間投助詞の六つです。

1 格助詞

格助詞は、体言（名詞）や体言に準ずる語に付けて文節を作り、その文節が他の文節に対し、どんな資格に立つか（これを格といいます）を示します。**体言に準ずる語とは連用形や連体形**です。

ここで扱う格助詞は「の」「が」「を」「に」「にて」「へ」「から」「より」「と」の九種と、古形の「ゆ」「つ」の二種です。以下、機能別に述べます。

◇主語を作る「の」「が」

麦の香のしみし五体を水風呂に沈めてあれば子が潜りきぬ　時田　則雄

体言「麦の香」に付けた「の」は「麦の香の」という文節を作り、動作を表わす「しみし」に対し、「麦の香が」というのと同じように、主語・述語の関係を示します。体言「子」に付けた「が」は「子が」という文節を作り、動作を表わす「潜りきぬ」に対し、主語・述語の関係を示します。

このようにはたらく助詞を主語格助詞、略して主格助詞といいます。

ひそまりて暮るる海原あめつちを作りしものの悲しみの湧く　岡野　弘彦
亡き人のたれとも知れず夢に来て菊人形のごとく立ちゐき　大西　民子
春の土を掘る傍らに鶺鴒が天降り来て光撒くなり　佐佐木幸綱
悲しみを書きてくるめし紙きれが夜ふけ花のごと開きをるなり　高野　公彦

「悲しみの湧く」の「の」、「亡き人の夢に立ちゐき」の「の」、「鶺鴒が天降りきて光撒くなり」

の「が」、「紙きれが開きをるなり」の「が」、四つとも主語・述語の関係を示す主格助詞です。主格助詞は動作の主体を明確に示すように用いなければなりません。つまり、「亡き人の夢に来て立ちゐき」「鵠鶴が天降り来て光撒くなり」の主語・述語の関係を示す部分は、一首の主題（テーマ）をなす部分になるからです。

そうはいいながらも、主格助詞「が」「の」を省略し、リズムをなめらかにする方法があります。

ひとりなる時蘇る羞恥ありみじかきわれの声ほとばしる　尾崎左永子

蕾やや含みそめつつ日のさせば幹くれなゐにけぶらふさくら　高嶋　健一

「羞恥（が）あり」「われの声（が）ほとばしる」「蕾（の）やや含みそめつつ」「幹（の）くれなひにけぶらふ」はカッコ内の「が」「の」を省略したことでリズムが生かされています。

次の歌は、主語と述語の文節を倒置したものです。

飛ぶ雪の碓氷をすぎて昏みゆくいま紛れなき男のこころ　岡井　隆

「雪の飛ぶ」を「飛ぶ雪の」と倒置し、強烈な詠み出しにしています。

ぱつくりと牡蠣の貝殻あくごとく雲美しく朝のはじまる　栗木　京子

美しい朝がはじまる印象を「雲」で表現していますが、開いた牡蠣で例えているところが独創的です。

◇連体修飾語を作る「の」「が」「つ」

旅にあふ父**の**生れ日六月**の**雪ゆたかなり筑摩(ちくま)野**の**山　窪田章一郎
わ**が**内をぎらありぎらり光りつつ人まろ**が**ゆき家持(やかもち)**が**すぐ　岡井　隆

体言「父」に付けた「の」は「生れ日」が父のものであると明確に示し、「六月」に付けた「の」は「雪」が六月のであると区別し、「筑摩野」に付けた「の」は「山」が筑摩野にあると明示します。

二首目の「わ」に付けた「が」は「内」が私のものであると明確に規定します。

このように体言（名詞）と体言（名詞）を所有・所属・性質・時・属性などの関係で結ぶ「の」「が」を**連体格助詞**（連体助詞）といいます。

次に「の」を特異な用法にした短歌を上げます。

ほのぼのとうす黄緑に咲きそめぬ凍(い)てつく土**の**古木臘梅　窪田章一郎
その子二十(はたち)櫛にながるる黒髪**の**おごり**の**春**の**うつくしきかな　与謝野晶子

一首目の「凍(い)てつく土の古木臘梅」は「凍(い)てつく土に古木臘梅が」とするところですが、「が」

を取って体言止めにし、「に」の部分に「の」を用いたものです。
二首目の短歌では「黒髪のおごりの春のうつくしきかな」と各文節を「の」で結んで大変特異な使い方をしています。歌意はその子は二十歳、梳くと櫛に流れるような黒髪を誇っている、春の季節にその黒髪の美しいことよ、でしょう。晶子の『みだれ髪』(明治34年)にはこのように主題が定まると言葉が選ばれ、文法には気を使わず各文節を「の」で結ぶ短歌が多く見られます。リズムがいのちの短歌形式を重視したからだと思われます。

ゆふつ野にかりがねは春のはばたきすああいくつある**心**のつばさ　坂井　修一

この「つ」も同様に、次の体言にかかり、「夕暮れの野」という意味になります。「つ」は奈良時代に用いられた古い連体格ですが、それだけに、作品に深みを与える効果があります。

◇目的語を作る「を」

そばだちて公孫樹(いちやう)かがやく幾日か時**を**惜しめば時はやく逝く　長沢　一作

「時」に付けた「を」は「時を」という文節を作って、動作を表わす「惜しめば」の目的語となります。この「を」を**目的語格助詞**、略して目的格助詞といいます。

殻うすき鶏卵**を**陽に透しつつ内より吾**を**責むるもの何　尾崎左永子
ぶだう呑む口ひらくときこの家の過去世(くわこぜ)の人ら我**を**見つむる　高野　公彦
地球儀の底もちあげて極地とふ終(つひ)の処女地**を**眩しみて見つ　栗木　京子
もうすぐ高校生といふ若さ願はくは歌ひ抜け生の歓喜**を**　大山　敏夫

「鶏卵を」の「を」は「陽に透かしつつ」の目的格助詞、「吾を」の「を」は「責むるもの」の目的格助詞です。「我を」の「を」は「見つむる」の目的格助詞です。「終(つひ)の処女地を」の「を」は「眩しみて見つ」の目的格助詞です。

「を」は次のようによく省略します。「ぶだう呑む口ひらくとき」は「ぶだうを呑む口をひらくとき」で、「を」を二つ省略しています。「地球儀の底もちあげて」は「地球儀の底をもちあげて」で、「を」を省略しています。動作を表わす動詞には主として他動詞を用います。「生の歓喜を」の「を」は「歌ひ抜け」の目的格助詞です。この「を」は、先の「願はくは」を受けています。「願わくは」をいうときには必ず「を」で受けます。「願はくば」という表現もあります。

補語を作る格助詞

補語を作る格助詞は「に」「と」「の」「を」「へ」「より」など多数あります。補語とは、動作や存在・状態を表わす動詞・形容詞などの**用言を修飾する語句**（**連用修飾語**）です。このような助詞を補語格助詞、略して**補格助詞**といいます。

◇場所を示す「に」「にて」

花束をもらふなら青　初夏の花舗**に**あふるる光の束を　　大口　玲子

空をゆく鳥の上には何がある　横断歩道（ゼブラゾーン）**に**立ち止まる夏　　梅内美華子

金色の匙**に**スフレのふるふると消えぬ西陽のつよきテラス**に**　　佐伯　裕子

君が抱（いだ）くかなしみのそのほとり**にて**われは真白き根を張りゆかむ　　横山未来子

◇状況を示す「にて」

めざめしはなま暖き冬夜（ふゆよ）**にて**とめどなく海の湧く音ぞする　　佐藤佐太郎

春雪のにほひは花のごとく**にて**沈丁花（ぢんちやうげ）さくところいづこぞ　　上田三四二

考ふる折々にふかす煙草**にて**考へざるときしみじみ喫むなり　　島田　修三

◇時を示す「に」

永遠(とわ)**に**わが娘であれとかの夏の祝福あるいは呪いの指輪　松野　志保

「さよなら」は死ぬ時**に**言うよと子は笑う少年君(きみ)に残された時間　間　ルリ

明け方**に**翡翠(かわせみ)のごと口づけをくるるこの子もしづかにほろぶ　黒瀬　珂瀾

どの病室(へや)も花を愛せり人間のいのち稀薄となりゆくとき**に**　葛原　妙子

◇方向・帰着点を示す「に」「へ」

この空の青の青さ**に**やってきた屋上の人屋上の鳥　花山　周子

みがかれし鏡すばやく沈めたし鰹の烏帽子ただよふ海**に**　川田　茂

少年の日はあめあがり風船**に**結はへて空**へ**放つまひまひ　光森　裕樹

俺は帰るぞ俺の明日(あした)**へ**　黄金の疲れに眠る友よおやすみ　佐佐木幸綱

◇経過点を示す「を」「ゆ」

ペダル踏んで下る坂道ありし日の父の痛み**を**追ひ越すために　西田　政史

炎天の見知らぬ道**を**ゆく夢のとある家吾子の靴干してある　花山多佳子

北の窓**ゆ**つらぬき降りし稲妻にみどり子はうかぶガーゼをまとひ　小池　光

経過点とは、どこを通ってどうする、と動作の経過する地点を示します。動作を表わす語は「来」「渡る」など移動を示すものを使います。「ゆ」は古形ですが、しばしば使われます。

音またく無くなりし夜**を**山鳩は何故(なぜ)寂しげに啼き出すのか　宮　柊二

右の「を」は、いつを通してどうする、と動作の経過する時を示します。

◇起点を示す「を」「から」「より」「ゆ」

無人駅に女子高生ひとり降りゆけり　いずれこの娘もここ**を**出るらむ　生沼　義朗

まっ白い腕が空**から**のびてくる抜かれゆく脳髄のけさの快感　加藤　克巳

尖塔の建てられて**より**この街の空は果てなき広さとなりぬ　香川　ヒサ

れんげ田に遊ぶ女童(めわらは)れんげ田**ゆ**生まれきたりしごとくに立てり　清原　令子

起点とは、動作の起こる時期を示します。

暗き**より**めざめてをれば空わたる鐘(かね)の音(おと)朝の寒気を救ふ　佐藤佐太郎

うつし身のわが病みて**より**幾日へし牡丹の花の照りのゆたかさ　古泉　千樫

右の「より」は、動作の起こる時を示します。

◇**動作の目標（対象）を示す「に」**

数へても足りぬ単位をかなしめり冬のベンチ**に**夫と二人で　澤村　斉美

柿くへば秋ふかきかな病みあとのことしの柿はいのち**に**ひびく　上田三四二

十方に枝を張りたる樫の木**に**ある人格をしのび近づく　島田　修二

◇**動作の目的を示す「に」**

風邪のあとの身をたゆくゐし夕まぐれ人に頼めぬ買ひもの**に**出づ　大西　民子

羽毛も鱗ももたざるゆゑに春の夜の宴**に**絹を纏（ま）きて群れゆく　稲葉　京子

◇**状態の変化の結果を示す「に」「と」**

栗の花の匂へば雨**に**なるといふ雨の日曜はさびしきものを　大西　民子

しどけなき甘さ**と**なれる白桃を食ひて今年の夏もをはりぞ　石川不二子

◇引用・内容を示す「と」

ゆるやかな上りをなるいい**と**繰り返し土地の言葉に案内（あない）しくるる　久我田鶴子

草花**と**子は漢字もて書きをれり草がんむりの文字ふたつよき　前川佐美雄

貧しかるわれのおごり**と**手をかざす白陶の鉢の中の赤き火　柴生田　稔

◇動作の共同を示す「と」

乳呑児（ちのみご）**と**百日（ももか）こもれば小刀の刃にもおびゆるこころとなれり　五島美代子

もの言はぬ木草（きぐさ）**と**居（を）ればこころ足り老い痴（し）れし身を忘れし如き　窪田　空穂

◇動作の原因・理由を示す「に」

すすみゐる骨の老化はまのあたり透視写真**に**しばしたぢろぐ　木俣　修

しろじろと花を盛りあげて庭ざくらおのが光り**に**暗く曇りをり　太田　水穂

水を擦り水にまみれて水を抱く身の箍（たが）つぎつぎはずす愉悦**に**　古谷　智子

◇状態・比況を示す「に」

鳥の声水のひびき**に**夜はあけて神代**に**似たり山中の村　佐佐木信綱

化粧するほど**に**面にあらはるる思ひもわづか一生のこと　笹谷　潤子

◇比較の基準を示す「より」

誰れ**より**も時の重みを背負うふひとに　入唐廻使（にふたうくわいし）拝朝（みかどをがみ）す　紀野　恵

ふるさとにわれ**より**年のたけたるは一人もあらずあはれ一人も　太田　水穂

蛇崩（じやくづれ）の道の桜はさきそめてけふ往路**より**帰路花多し　佐藤佐太郎

◇並列を示す「と」

時代ことなる父**と**子なれば枯山に腰下ろし向ふ一つ山脈(やまなみ)に　土屋　文明

月**と**日**と**二つ浮かべる山国の道に手触れしコスモスの花　岡部桂一郎

捨てないが本**と**体は可燃物　せめて言葉は不燃で残れ　岡田　美幸

◇添加を示す「に」

虎杖(いたどり)のわかきをひと夜塩に漬けてあくる朝食ふ飯(めし)**に**そへ　若山　牧水

以上は、すべて用言の補語を作る格助詞です。この助詞は省略すると意味があいまいになることがあります。字余りになっても要所には必ず的確な助詞を用いなければなりません。例えば、「石の上にわれは居りつつ……」で「石の上に」が六音になるからといって場所を明確に示す「に」を省略しないことです。また、

書きさしし物拡げおく我が机うすく塵づく**に**朝あさむかふ　高安　国世

「うすく塵づくに」が八音になるからといって対象を示す「に」を省略しないことです。

2 接続助詞

接続助詞は前の用言と後の用言とを関係付けて、前後の文節や文を接続します。接続のしかたを大きく分けると、**単純接続、順接、逆接**の三種類になります。

単純接続助詞

単純接続とは、前後の動作、状態が同時か、ほぼ同時的に共存する場合に用います。

◇並列・順序を示す「て」

忘れ得ぬことばあざやぐ夕ぐれを重ね**て**その声遠くなりたり　正古　誠子
水鳥を浮かべ**て**しづかわが問ひに何も語らず冬の武庫川　鈴木　桂子
燃え**て**燃え**て**かすれ**て**消え**て**闇に入るその夕栄（ゆふばえ）に似たらずや君　山川登美子

「て」は活用語の連用形に付けて、二つ以上の動作・状態を結びます。なくても意味は変わりません。

◇補助動詞結合「て」

わが頭撫でてくれるが唯一の夫の愛情表現となる　田中　幸子
胸のうちいちど空(から)にしてあの青き水仙の葉をつめこみてみたし　前川佐美雄

この「て」は動詞の連用形に付けて、補助動詞「みる」「ゐる」を結びます。

◇状態を示す「て」「して」「ながら」

物の葉やあそぶ蜆蝶(しじみ)はすずしくてみなあはれなり風に逸(そ)れゆく　北原　白秋
きらきらと冬木伸びゆく夢にして太陽はひとり泪こぼしぬ　水原　紫苑
白き鯉の泳ぐ水深は見えながら池のおもてに夕翳つどふ　初井しづ枝

「て」は形容詞の連用形、「して」は形容詞・形容動詞と助動詞「ず」の連用形、「ながら」は動詞の連用形に付けます。

◇動作の繰り返しなどを示す「つつ」

葱の花しろじろと風に揺れあへり戻るほかなき道となり**つつ**　大西　民子

しづかに梢わたれる風の音をきき**つつ**冷えし乳を啜りぬ　金子　薫園

身はすでに私(わたくし)ならずとおもひ**つつ**涙おちたりまさに愛(かな)しく　中村　憲吉

よぢれ**つつ**のぼる心のかたちかと見るまに消えし一羽の雲雀　藤井　常世

「つつ」は動詞の連用形に付けます。一、二首目の「つつ」は同一の動作・状態の繰り返しを表わします。三、四首目の「つつ」は同時に二つの動作を行なうことを表わします。「ながら」と同じ意味です。

◇打消しを示す「で」

ねもやら**で**しはぶく己がしはぶきにいくたび妻の目をさますらむ　落合　直文

物いわ**で**あればしんからさびしきに霜にたおるる黄菊白菊　馬場あき子

「で」は活用語の未然形に付けて、その動作・存在・状態を否定して後の語句へ続けます。「ずして」「ずて」と同じ意味になります。

◇時間的な継起関係を示す「と」

わが書斎立つと坐るとまかがよふ柚子（ゆず）の玉実のみえて明るき　　太田　水穂

「と」は用言の終止形に付けて、動作と動作が引き続いて起こる意を表わします。

以上は、単純接続する助詞です。

順接助詞

◇仮定順接を示す「ば」

仮定順接とは、まだ起こっていない事柄を「もし……なら」と仮定して述べることです。活用語の未然形へ付けて、「……ば……む（ん）」「……ば……べし」「……ば……まし」などの形で用います。

隠者（いんじゃ）ぞとおもふにたのしかくしあらば老のこころに翅（つばさ）の生ひむ　　窪田　空穂

とり落さば火焔とならむてのひらのひとつ柘榴の重みにし耐ふ　　葛原　妙子

◇確定順接を示す「ば」

確定順接とは、既にある事柄が起こったものとして述べ、後を順当な結果につなげることです。

ゆくりなく眠（ねむり）さむれ**ば**灯ともれり今は夜なりと思ふしづけさ　三ヶ島葭子

雨にうたれ戻りし居間の父という場所に座れ**ば**父になりゆく　小高　賢

右の二首の「ば」は用言の已然形に付けて、後で述べる事柄が生ずる理由を表わします。「ので」「から」の意味となります。

徒歩（かち）ゆけ**ば**道草の穂のつゆけしや一朧のなき浄身一軀　上田三四二

野のにおい火の爆ずるにおいまといつく走りくる子を諸手（もろて）に抱け**ば**　玉井　清弘

前の二首の「ば」は用言の已然形に付けて事実を述べます。「……すると」「……したところ」の意味を表わし、後の語句・文には、ある事柄に気付く気持を含ませます。

紅絹（もみ）裂けば紅絹のあやしきにほひ充つ透きとほるまでの嫉妬をもて**ば**　生方たつゑ

右の「透きとほるまでの嫉妬をもてば」の「ば」は用言の已然形に付けて、透きとほるまでの嫉妬をもつときはいつもきまって、の意を表わします。

逆接助詞

◇確定逆接を示す「ど」「ども」「が」「を」「に」

確定逆接とは、既に起こっている事柄を述べて、後を順当でない結果につなげることです。

国こぞり電話を呼べ**ど**亡びたりや大東京に声なくなりぬ　中村　憲吉
ひまはりのアンダルシアはとほけれ**ど**とほけれ**ど**アンダルシアのひまはり　永井　陽子
わが髪に触れんあたたかき巨き掌(て)を思ひつ人を恋ふるにあらね**ど**　尾崎左永子
隣室に人は死ね**ども**ひたぶるに帚(ははき)ぐさの実(み)食ひたかりけり　斎藤　茂吉
草枯丘いくつも越えて来つれ**ども**蓼科山はなほ丘の上にあり　島木　赤彦

「ど」「ども」は用言の已然形に付けて、「のに」「けれど」「ても」の意を表わします。

北国のさむき素性をこばみし**が**つひに墓きづくわが冬の丘　生方たつゑ
身にくらく映るほのほと思ひし**が**風にのびたる火先(ほさき)は浄し　雨宮　雅子
子を失ふ親の悲しみは遠きことと思ひし**を**今日われに来(こ)し　木下　利玄

虹もまた消えゆくものかわがためにこの地この空恋は残る**に**　山川登美子

「が」「を」「に」は活用語の連体形に付けます。「に」は後の語句・文に予想や当然に反する気持が含まれます。

◇**仮定・逆接を示す「とも」「ても」**

幸はきれぎれにしてをはる**とも**けふあこがれてゆく湖があり　生方たつゑ
生きかはり生きかはり**ても**科ありや永遠(とは)に雉鳩の声にて鳴けり　稲葉　京子

「とも」は動詞の終止形、形容詞の連用形に付けます。「ても」は用言の連用形に付けます。**仮定逆接**とは、あることを仮定して述べ、後の語句・文で予想通りでない表現にします。「たとえ……しても」の意を表わします。

特殊な接続助詞（参考）

以下は上代の用法ですが、しばしば短歌作品に用いられますので参考までに記載します。

◇**程度・状態を示す「がに」**

昼の月消ぬ**がに**空をわたるときいのちひとむきに愛しとおもへり　吉野　秀雄

サンダルに赤きペディキュアの指が行くはつなつの空と拮抗する**がに**　小島　熱子

多くは完了の助動詞「ぬ」や動詞の終止形に接続します。但し、文末用法では連体形に接続します。前者は「消えてしまうように」、後者は「拮抗するまでに」との意を表わします。比況というよりも、程度・状態を示すときに使います。

◇目的・願望を示す「がに」

夏草の野に咲く花の射干をさ庭に植ゑつ日々に見る**がに**　伊藤左千夫

この場合には動詞の連体形につけます。ここでは射干を「日々見たいので」となります。前項の後者と同じような構成になっていますが、前の句で自身の行為を表わしていることからその趣旨は明らかです。

これで、接続助詞の説明を終わりますが、付け加えますと、短歌の助詞は、音数によって、使われやすいものと使われにくいものがあるようです。長い「ものから」などに比べて「がに」は短歌では比較的多く使われます。特に助詞は多様多岐にわたるので、さらに、詳しく学びたい方は、『短歌の文法II 助詞編（新版）』（飯塚書店刊）をご参照ください。

3 係助詞

係助詞はいろいろの言葉に付けて、その言葉に強意、疑問、反語などの意を添え、後に用いる活用語との結びつきを強めます。係助詞ともいいます。

◇区別・強調を示す「は」

木屋街**は**火かげ祇園**は**花のかげ小雨に暮るる京やはらかき　山川登美子
萌えいでし若葉や棗**は**緑の金、百日紅**は**くれなゐの金　宮　柊二
平和なる山村と見る**は**愚にて争を重ねそのつど飲酒す　結城哀草果
用なくて歩む**は**たのし雲のごときかの遠山もけふ晴れわたる　上田三四二

主格助詞「が」「の」の位置に付けた「は」は格には関係なく、上の言葉を特別にとりたてて区別し強調します。一、二首目は二つ以上のものを並列して述べる用法です。三、四首目は一首の主語として強調して示す用法です。この場合は後の叙述を明確に表わす必要があります。

◇強意を示す「は」

あまりりす息もふかげに燃ゆるときふと唇（くちびる）**は**さしあてしかな　北原　白秋
ひそやかにあきらかに空渡りゆく鳥の羽音の地に**は**落ちこず　伊藤　一彦
申（さる）のとしめぐり還りてわがため**は**めでたき年のはじまらむとす　窪田章一郎
怒りを**ば**しづめんとして地の果の白大陸暗緑海をしのびゐたりき　宮　柊二

目的格助詞「を」や補語格助詞「に」などの位置に付けた「は」は、上の言葉を強調して後の叙述の意味を強めます。一首目の「唇は」は目的格の位置に付けています。二首目の補語「地に」に付けた「は」は後に否定語「ず」を伴う用法です。三首目の「わがためは」は補格の位置に付けています。四首目の目的語「怒りを」に付けた「は」は「をば」と濁音化させます。

◇強意を示す「も」

名も知らぬ小鳥来りて歌ふ時われ**も**まだ見ぬ人の恋しき　三ヶ島葭子
孤独なる姿惜しみて吊し経し塩鮭**も**今日ひきおろすかな　宮　柊二
みんなみの嶺岡山（みねをかやま）の焼くる火のこよひ**も**赤く見えにけるかも　古泉　千樫

一首目は主格、二首目は目的格、三首目は補格の位置に付けています。二首目は他のものは既に済ましたが塩鮭まで、三首目は昨夜と同じように今宵まで、と他にも同類のあることを暗示したり、同類の中から一つを取り出したりして、強調します。

水底(ミナソコ)に、うつそみの面わ　沈透(シヅ)き見ゆ。来む世も、我の　寂しくあらむ　　釈　迢空

右の「来む世も」の「も」は補格の位置に付けて後の叙述に推量の助動詞「む」を伴い、現在と同じように来世も寂しいだろう、と不確実な推測を表わします。

◇並列を示す「も」

ただ一度生れ来しなり「さくらさくら」歌ふベラフォンテも我も悲しき　　島田　修二

学園に書庫焼けずして残りたり喜びおもふ云ふも言はぬも　　窪田章一郎

王林もネロ二十六号もわれも子も昭和を生(あ)れて実るうつしみ　　今野　寿美

並列の「も」は同類のものを、これもあれもと明示します。

◇強意・添加・感動を示す「も」

廊下這う着物の裾は乱しつつ誰にもこの母をみられたくなし　　武川　忠一

ほほづきの色づきそめし草むらを教へてやらむ少女もをらず　　大西　民子

二人子を抱きてなほも剰る腕汝れが父のかなしみも容る　河野　裕子

不定称の代名詞「誰」「何」「どこ」「いつ」などに付けた「も」は、その類をすべてまとめる意を表わします。一首目の「誰にも」は後に否定語を伴って、肉親はもとよりすべての人にさえこの母を見られたくない、と全面否定を表わします。二首目の「少女もをらず」は後に否定語を伴い、少女さえもいないと全面否定します。ここまでの「も」は強意を表わします。三首目の「なほも」の「も」は感動を表わします。「父のかなしみも」の「も」は父のかなしみまでも、と添加の意を表わします。

◇**疑問を示す「ぞ」**

見桃寺の鶏長鳴けりはろばろとそれにこたふるはいづこの鶏ぞ　北原　白秋

今し征く吾が子いづれぞ兵列のあまたの顔のゆきすぐるのみ　初井しづ枝

夜をまれに畑の赤きはだか火を何ぞと思へり人葬るなり　斎藤　史

「いづこの鶏ぞ」はどこの鶏か、「いづれぞ」はどちらか、三首目の「何ぞ」は何か、疑問語と共に用いる「ぞ」は、わからないことを問いただす意を表わします。文末で用いる「ぞ」は上の語を強く指示して断定します。

◇強意を示す「ぞ」「こそ」「なむ」

行きて負ふかなしみ**ぞ**ここ鳥髪(とりかみ)に雪降るさらば明日も降りなむ　山中智恵子
笛太鼓背にし聞きつつ限りなくとほき別れのごとき思ひ**ぞ**　島田　修二
面匂ふ迦陵頻伽(かりょうびんが)がわれに来て歌などやめてあそべと**ぞ**言ふ　後藤　直二
人間の在りのすがた**ぞ**とりとめし命に明るき病者の面輪　窪田章一郎

「ぞ」は体言、用言の連用・連体形、助詞「と」などに付けて、上の語や文節を強く指定し、断定的に強調します。しばしば文末で用います。また、述語との結びつけを強めて**連体形で結びます。（係り結び）**

古蚊帳のひさしく吊りし綻(ほころ)びもなかなかいまは懐(なつか)しみ**こそ**　長塚　節
蒼穹(おおぞら)は蜜(みつ)かたむけてゐたりけり時**こそ**はわがしづけき伴侶　岡井　隆
こゑ絶ゆる秋のひかりに一叢の黄楊の藪**こそ**きらきらしけれ　河野　愛子

「こそ」は文中で用いて、上の語をじつに、まことに、ほんとうに、などの意を表わして強調し、時には三首目のように述語との結びつきを強めて**已然形で結び**ます。**（係り結び）**
一首目は「懐しみこそあれ」の「あれ」を省略しています。文末で叙述を強める用法です。「こそ」

は「ぞ」よりも強い意を表わします。「なむ」は文末を連体形で結び意味を強調します。会話、散文に主に使われ歌ではほとんど使われません。

◇疑問・反語を示す「や」「か」

こうこうと鶴の啼くこそかなしけれいづべの空**や**恋ひ渡るらむ　岡本かの子

鉄鉢に百の桜桃（あうたう）ちらばれりあそびをせむと**や**ひとはうまれけむ　塚本邦雄

もの忘れまたうちわすれかくしつつ生命（いのち）をさへ**や**明日は忘れむ　太田水穂

彼（か）の世より呼び立つるに**や**この世にて引き留（と）むるに**や**熊蟬の声　吉野秀雄

「や」は文中に用いて疑問・反語を表わします。**結びの活用語は連体形（係り結び）**ですが制約はありません。疑問は、……か。の意を表わします。反語は多く已然形に付けます。

四首目は「呼び立つるにやあらむ」「引き留むるにやあらむ」の「あらむ」を省略しています。

「にや」は反語「……であろうか、いや……でない」の意となります。

韓（から）にして、いかで**か**死なむ。われ死なば、／をのこの歌ぞ、また廃（すた）れなむ　与謝野鉄幹

身命（しんみやう）のきはまるときしあたたかき胸乳（むなち）を恋ふと誰**か**いひけん　上田三四二

濁流だ濁流だと叫び流れゆく末は泥土**か**夜明け**か**知らぬ　斎藤　史

ひそひそと春の雨降れば偲ぶ　無事**か**元気**か**生きているか　　梓　志乃

「か」は文中に用いて疑問・反語を表わします。結びの活用語は連体形ですが制約はありません。「か」は疑問語や不定称の代名詞と共に多く用います。

一首目の「いかでか死なむ」は、どうして死ねようか。「いかでか」は反語の語句を導く語です。四首目は「末は泥土か夜明けか」と疑問の「か」を並列し、後の「知らぬ」には反語の語句を導く「いづれかは」を省略しています。末は泥土なのか夜明けなのか、どちらとも見当さえつくものか、の意を表わします。五首目は「か」を畳みかけて安否を気遣っています。

係助詞で注意することは、「は」は後に明確な答えを述べること。「も」は後を推量などにして明確にしないこと。この二点を基本としておぼえてください。

●係助詞「や」と「か」の違い

この両者は意味は同じで、紛らわしいのですが、「や」は終止形、「か」は連体形に接続するという決まりがあります。よく使われる例を上げますのでおぼえておきますしょう。

名にし負はばいざ言問はむ都鳥わが思ふ人は**ありやなしや**と　　在原　業平

野あそびの人らそれぞれへだたりの**あるかなきか**のごとく声あぐ　　小中　英之

4 副助詞

副助詞はいろいろな言葉に付けて、その言葉と一体になって後の用言にかかり、用言の限度や程度・状態を修飾限定します。

◇限度・限定を示す「まで」「ほど」「ばかり」「のみ」

墨硯筆**まで**も購ひ文字書かむ悪筆なれどよいではないか　綾部　光芳

なぜ敷布**まで**もがピエールカルダンか、しかく思いてわが敷布敷く　奥村　晃作

めくるめく**まで**にこの身を遊ばせて陽(ひ)のにほひ鋭(と)き叢(くさむら)にゐつ　成瀬　有

やわらかくまがなしき**まで**平らけきわれのこころをわれはおそるる　道浦母都子

三首目の「めくるめくまでに」は、めくるめくほどに、と限度に達した程度を示し「遊ばせて」を修飾します。四首目の「まがなしきまで」は、まがなしいほどに、と限度に達した程度を示し「平らけき」を修飾します。

張りかへてみぎりの石の濡るる**ほど**あさしぐれふる障子の明り　太田　水穂

晩酌は五勺ほどにて世の嘆きはやわが身より消えむとぞする　前川佐美雄

「濡るるほど」は濡れるくらい、と程度を示し「あさしぐれふる」を修飾します。
二首目の「五勺ほど」は五勺（半合）ばかり、とおよその分量を限定し「はやわが身より消えんとぞする」を修飾します。

童貞のするどき指に房もげば葡萄のみどりしたたる**ばかり**　春日井　建
身の芯を持たず一縷の闇つつみ伸びて気のすむ青竹**ばかり**　今野　寿美

「したたるばかり」は、したたるほどと状態のおよその見当を示します。「青竹ばかり」は青竹だけ、と限定します。

岸壁に水の満干（みちひ）をくりかへし変わらざるものこの一つ**のみ**　宮　柊二
木末**のみ**日のあたりたる林見えいま狂熱の音楽欲しも　岡井　隆

「この一つのみ」は、この一つだけと限定して強調し、他にはないことを示します。「木末のみ」は、木末だけと取り立てて強調し、他には陽があたっていないことを示します。

◇添加を示す「さへ」

君なきか若狭の登美子しら玉のあたら君**さへ**砕けはつるか　与謝野鉄幹

木(こ)がらしの吹き落ちにける夕べにて林檎をむけば明日**さへ**悲し　前川佐美雄

小手術をはり大手術をまつ日かず大手術**さへ**頼めなしいまは　上田三四二

弓なりに橋**さえ**耐えているものをどうしようもなく熟(みの)りゆく性　永田　和宏

一首目の「君さへ」は山川登美子の死を悼み、未だ信じられぬという思いが表現されています。二首目の「明日さへ」は今宵ばかりか明日までも、と添加を示して「悲し」の状態を修飾します。三首目の「大手術さへ」はさらに大手術までも、の意を表わして後に期待できないという気持を述べます。四首目の「橋さえ」は橋までもと強調し「耐えているものを」を修飾します。「橋すら」「橋だに」と同様に一事を上げて他を類推させる用法です。

◇強調などを示す「など」

ともすればかろきねたみのきざし来る日かなかなしくもの**など**縫はむ　岡本かの子

胸乳**など**重たきもののたゆたいに翔(た)たざれば領す空のまぼろし　馬場あき子

かつかつに親を養ひ嫁がぬを美しき日**など**と吾はおもはず　富小路禎子

「ものなど縫はむ」は何かしていなければやりきれない心情を表現します。二首目の「胸乳など」は胸の乳房を例として示し、それだけと限定しないで他にもある意をこめて述べます。

三首目の「美しき日など」は否定文に用いて叙述を強めます。口語では「……なんか」というところです。

◇強調を示す「し」「しも」

恋といふめでたきものに劣らじと児をし抱けば涙ながるる　原　阿佐緒

遠空（とおぞら）に今し消えむとする雲の孤雲（ひとりぐも）見をり拳（けん）かたくして　前川佐美雄

わづかなる光を集め照らし合ふ小家族としも薄野を越ゆ　島田　修二

韓山（からやま）に、秋かぜ立つや、太刀なでて、／われ思ふこと、無きにしもあらず　与謝野鉄幹

「し」「しも」はいろいろな文節の終わりに付けて語調を強めたり整えたりします。「今し」のように時を表わす言葉に付けると、ちょうど。折りも折り。などと上の語の意味を強めます。「無きにしもあらず」のように否定句に用いると、必ずしも……ではないの意味になります。

副助詞はわずか数文字で後の用言を修飾限定しますから、副詞を用いるときのように気軽に使うこともできます。

5 終助詞

終助詞は文末のいろいろな言葉に付けて、その言葉に一定の意味を加わえて、終止する助詞

です。

◇疑問・質問・反語を示す「か」

辛くして我が生き得しは彼等より狡猾なりし故にあらじ**か**　岡野　弘彦
あなたは勝つものとおもつてゐました**か**と老いたる妻のさびしげにいふ　土岐　善麿
世に生れ出でざりしが最も幸（さいはひ）と君が口より聞くべきもの**か**　佐佐木信綱
力なき体となるも爪と髪は伸びてくるなり　いのちと言う**か**　藤井　治

一首目の「故にあらじか」は故（ゆえ）ではないか、と否定や推量・疑問語を伴って用いると作者の内心の疑問を示して終止します。二首目の「あなたは……おもつてゐましたか」は相手に質問し、問いかける引用句です。三首目の「聞くべきものか」は聞くなどとはとんでもない、そんなことはないはずだと反語を示して終止します。

◇強意を示す「かし」

多摩川の砂にたんぽぽ咲くころはわれにもおもふひとのあれ**かし**　若山　牧水

「かし」は命令形に付けて、強く念を押します。

◇感動・詠嘆を示す「か」「や」「かな」「も」「よ」「は」

おのづから歩みをとめて聞くもの**か**すすきの中の冬川の音　　太田　水穂

母の齢（よわい）はるかに越えて結（ゆ）う髪や流離にむかう朝のごとき**か**　　馬場あき子

日の十日見ねばさびしくした待ちしわが太田黒死ねりといふ**か**　　窪田　空穂

秋の日の翳りのつつむ一本の老杉のごともすくと立てぬ**か**　　島田　修二

「聞くものか」は意外にも聞くことよ、と詠嘆を表わします。「朝のごときか」は朝のようなものなのだなあ、三首目の「死ねりと言ふか」は死んだということだなあ、と慨嘆を表わします。四首目の「すくと立てぬか」はすくと立てないかなあ、と願望を表わします。

木に花咲き君わが妻とならむ日の四月なかなか遠くもある**かな**　　前田　夕暮

指頭（ゆびさき）の鈍（どん）を防ぐと縒（よ）るこよりひらけゆく**かな**凝（こご）るおもひも　　木俣　修

「かな」は文末で感動的に断定します。二首目は「凝るおもひもひらけゆくかな」を倒置しています。

信濃には湯はさはなれど久かたの月読（つくよみ）のごと澄める此湯（このゆ）**や**　　伊藤左千夫

西東ふかきかすみに目もふたぎいとほしき春の身の生き態(ざま)**や**　斎藤　史
おぼろ夜とわれはおもひきあたたかきうつしみ抱けばうつしみの香**や**　上田三四二
ことばもて自我語らざる東洋の寥(しづ)けき秋**や**厠に来てゐる　島田　修三

「や」はしばしば文末で、……よ。と感動を表わします。四首目の「寥(しづ)けき秋や」は、誠に静かな秋であるなあ、という詠嘆です。第四句で詠嘆を表わし、結句では状況を述べつつ、その感動をフォローしています。

夜に入れば秋らしき冷(ひえ)校正のインク薄きにわが目しぶる**も**　佐佐木信綱
ゆふぐれの人懐かしきこころもて格子戸越しに酒房のぞく**も**　島田　修三

詠嘆を表わす「も」は「悲しも」のように形容詞の終止形に付けて用います。一首目は「わが目しぶるも」と動詞終止形に付けると、わが目がしぶるようだなあと表現をやわらげます。二首目は感動の「も」を用いながら、比較的軽い日常の心理を表現しています。

母の名は山崎けさのと申します日の暮方の今日の思い**よ**　山崎　方代
冬の皺よせゐる海**よ**今少し生きて己れの無惨を見む**か**　中城ふみ子

「よ」は……ことだなあ。……だなあ。の意を表わします。

「は」は「はも」「はや」として多く用います。（連語の項参照）

◇**禁止を示す「な」「そ」**

病み臥せる我に見入りて老いし友心落すな**な**とただ一言を　窪田　空穂
悲しむ**な**怒るな世の中こんなもの虚無僧になって歩いてゆくか　加藤　克巳
春の鳥**な**鳴きそ鳴き**そ**あかあかと外の面の草に日の入る夕　北原　白秋

「な」は終止形（ラ変活用は連体形）に付けて用います。「そ」は連用形に付けて用います。「な鳴きそ」の「な」は禁止を表わす係助詞です。「な……そ」で用いると優しい禁止表現になります。白秋の「な鳴きそ鳴きそ」の繰り返しの禁止は春の鳥にやさしく語りかけるような禁止になります。

◇**希望・意志を示す「ばや」「な」「なむ」**

ホメロスを読ま**ばや**春の潮騒のとどろく窓ゆ光あつめて　岡井　隆
秋立つと言へば野立ちの刈萱に生きて見**ばや**の禾が鋭し　安永　蕗子
われの持つ未来は死なり一人の命の終りしづかにあら**な**　松村　英一

あざやかに今は笑みたし黄の花は絵の具を厚くのせて描かな　横山未来子
天空を支へてありし一茎の麦のちからとおもひねむらな　小池　光

「ばや」「な」とも未然形に付けます。「ばや」は自分の動作に用いて、……たい、と自分の希望を表わします。二首目の「生きて見ばや」は生きてみたいなあ、と「禾」の願望を表わします。

「な」は主語が一人称の場合、希望・決意を表わします。三首目の「しづかにあらな」は静かにしたいものだ。四、五首目の「描かな」「ねむらな」はそれぞれ「描こう」「ねむろう」となります。「なむ」は未然形について「……してほしい」と他に対して希望を表わします。

◇願望を示す「もがも」「もがな」

旨(うま)き物食(た)ぶる顔のやさしきを恋ふるこころに旨き物**もがも**　窪田空穂
後の世の千年何せむ今の世に君と語らむ一時**もがな**　佐佐木信綱

体言に付ける場合は、……が欲しい。形容詞連用形、副詞、助詞「に」に付ける場合は、……でありたい。……であって欲しい。と願望します。

◇文末で詠嘆を示す「ものを」

淡く濃く彩かへてゆくはるの山こゑあげてわれも芽吹きたきものを　武下奈々子

貧しかりし戦中戦後より見れば一張羅さへ輝くものを　島田　暉

それぞれ、「私も芽吹きたいのになあ」、「(今の)一枚きりしかない衣類でさえ輝くのになあ」、という心持を表わしています。

「ものを」は文末で用いられる場合、詠嘆の意を添えます。なお、ほかに接続助詞とする説、連語とする説もあります。

以上が終助詞です。終助詞は相手に持ちかける叙述が多いために用いてみると詠む題材が拡がります。質問の「や」は対話を構成します。疑問の「か」「や」「ぞ」は自身の内部葛藤などに使います。また、感動の「よ」「や」「か」「かな」を用いて習作するのも上達方法の一つです。

6 間投助詞

間投助詞は文節の切れ目に付けて、語勢を強めたり、リズムを整えたりなどに用います。

◇語勢を強め、リズムを整える「や」

咳誘ふことをあやぶみわが医師**や**かたへ離さぬ煙草取りあぐ　窪田空穂

春ゆふべそぼふる雨の大原**や**花に狐の睡(ぬ)る寂光院　与謝野晶子

にんげんの思案のすべて浅はか**や**冬海吹雪くとき涙する　馬場あき子

湧きいづる泉の水の盛りあがりくづるとすれ**や**なほ盛りあがる　窪田空穂

「わが医師や」は主格助詞「が」の位置へ、「大原や」は補格助詞「に」の位置へ、「浅はかや」は感慨を述べる形容動詞「浅はかなり」の語幹の後へ、「くづるとすれや」は接続助詞「ば」の位置へ、「や」をそれぞれ投入し、語勢を強めたり、リズムを整えたりしています。

◇呼びかけに用いる「よ」

琉球語(りゅうきゅうご)が日本方言の一つなる事実だにせめて人**よ**忘るな　柴生田稔

時計の音ドアの音水の音きこゆ子の産声**よ**今しあがれよ　高安国世

スケートボードぐるりとひねり向き変へる少年**よ**汝は季節の栞　栗木京子

呼びかけの「よ」は相手にもちかける禁止句「忘るな」命令句「今しあがれよ」などの語句

と共に多く用います。「今しあがれよ」の「よ」は相手に念を押す終助詞です。

◇感動を表わす「を」

収穫はこの日と決めて檸檬の木に剪定鋏響かす朝**を**　石川　幸雄
山ゆきて今日は幾日(いくひ)か刈安(かりやす)を乾(ほ)したる光秋づくもの**を**　土屋　文明
百に一つの無駄なき茄子の花は咲き欲を灯してわれは生きる**を**　中根　誠

「響かす朝を」は檸檬を収穫する、つまり命をひとつひとつ伐り獲ってゆく行為を詠嘆しています。

「秋づくものを」のように文末で「ものを」と用いた場合、確かに秋らしくなっているのになあ、と強く詠嘆します。単に「を」でも同様の効果があります。

古代の歌謡には間投助詞の「や」「よ」「を」「な」「し」「ろ」「ゑ」などが多く用いられました。歌謡を祖先とする短歌は音数律が生命といえます。リズムを整え、抑揚をつけるのに間投助詞は有効な言葉です。

文語ゆらゆら、文法ゆらゆら。

現代短歌は基本的に「文語定型・歴史的かなづかい」で書かれています。（「口語自由律短歌」もありますが、ここでは措きます。）

本書も基本的には「文語定型・歴史的かなづかい」に依っています。しかしながら、現状を見ますと、その「文語」をベースとする短歌の文法も用語も微動だにしない性格のものではありません。特に近年は、口語脈への接近などもあり、用語も時代を反映しています。

かなづかいも、指導者（あるいは会派）が「現代かなづかい」を推奨する場合も少なくありませんし、さらにいえば、動詞の活用で、本来下二段活用であるべき語を敢えて下一段で表現する作家もすくなからずいます。本書ではこれを「文法の乱れ」とは取らず、「文法のバリエーション・ゆらぎ」という見解を取って随所でその点について触れています。

さらにもうひとつ。

いわゆる戦前までの時代には、手紙用語を「文語」と呼んでいました。この時代に流通していた「文語」は言語史的には、当然近世の文語の流れを汲みますから、短歌が古典語として使う「文語」とは異なっています。近代歌人の動詞の活用が、現代短歌で言う「文語」の活用と違う例がまま指摘されるのはこういう状況に依っています。

ZOOM IN 3

第三部　短歌の言葉

短歌の言葉

第一部では「短歌の形式と語法」第二部で「品詞と活用形」について見てきましたが、実際に短歌表現で表立って出てくるのは「短歌の言葉」です。ここからは、短歌の言葉を実作に即して見ていきます。いわばこれまで見てきた、短歌の根幹を彩る、花であり、葉となる部分です。

何度も言いますが、短歌は定型詩ですから、それを構成する言葉として定型のリズムに合う文語が一般的に使われます。近代の和歌は雅語（雅言）などのうたことば（歌語）を使って、しなやかな調べを美しく表現してきました。それに連なる現代の短歌は、和語のみならず、漢語や外国語も駆使し、一方で、枕詞、季語などにも気を配りながら、時には俗語、また日常語なども取り入れて、さまざまに作られています。以下はそのカテゴリーを意識しながら作品を見ていくことにします。

◆和　語

和語（倭語）は「やまとことば」といって日本の本来の言葉です。はじめは、仮名文字を用いていましたが、漢語に和語をあてて読む訓読みが発達したため、漢字と仮名文字を併用して書き表わすようになり、現在に至っています。

朝あけて船より鳴れる太笛のこだまはながし竝みよろふ山　　斎藤　茂吉

全体が和語から成り立っています。特に結句の「竝みよろふ山」は短歌ならではの言い回しとすることができるでしょう。和語である「朝」「船」「太笛」「こだま」が一枚の絵のような風景を描き出しています。

鞠もちて遊ぶ子供を鞠もたぬ子供見惚るる山ざくら花　　北原　白秋

この作品も、全体が和語から成り立っています。山ざくらの咲く山村でマリをついて遊ぶ子をほかの子が見惚れているという淳朴な作品ですが、読者はある種の衝撃を受けます。それは「鞠もちて遊ぶ子供」「鞠もたぬ子供」という言葉の重ねかたに、作者の冷静な視点を感じるからです。この視点のはたらきで、一首に詩が生まれています。

ゆくりなき　もの　の　おもひ　に　かかげたる　うで　さへ　そら　に
わすれ　たつらし　　会津　八一

「阿修羅の像に」の詞書（ことばがき）がある短歌です。阿修羅は勇猛な闘争心をもつ古代インドの鬼神ですが、興福寺の阿修羅像に対面した作者は、その像の手に補修のあることに気付き、また、顔立ちに一種の哀愁さえ認め、女身のような像が空しく天を指しているように思いました。

この短歌はその感動のありのままをすべて和語によって表現しました。短歌を作る際にもっとも大切なことは、このように、ものを自分の目でよく見て、自分独自の発見をすることです。和語の発する語感はやわらかく美しいひびきを生じます。会津八一は和語の特徴を生かすため、すべて仮名文字で言葉と言葉の間を空けて、リズム感を表わしました。それについて作者はつぎのように述べています。

「詩歌はもと口にてうたひ、耳にて聞かしめしに始まり、後発達して文字の芸術となれり。今にして原始の状態に還らしむる必要は無かるべきも、もし今の世に、詩歌の音韻声調を軽視せんとする風あらば、本質上、ゆゆしき曲事となさざるべからず、著者が常に仮名にて歌を綴るは、深くこの間に思ふところあればなり。」

つぎにすべて和語を用いて作られた作品を上げます。

あぢさゐの闇にうるみてゆくしばしわがたましひも濡るるといはむ　成瀬　有

日がさせばそこはかとなき青空も巻きたる雲もいのちとぞ思ふ　岡井　隆

誰よりも雪の熱さを知りゐると畏れなきかなわが思ふこと　石川不二子

わが還るこころの秋は鳥のゐる能登一の宮たぶの木の杜（もり）　山中智恵子

根づかざりし萩の一叢焚かんとす火のさびしさの透きとおるまで　馬場あき子

◆漢　語

漢語は音読みする熟語です。中国伝来の漢語のほかに、日本においても漢字を組み合わせて数多く作られました。

噴水は**疾風**にたふれ噴きたり　**凜々**（りり）たりきらめける冬の**浪費**よ　葛原　妙子

「噴水（ふんすゐ）」「疾風（しつぷう）」「凜々（りり）」「浪費（らうひ）」が漢語です。和語で噴水は、ふきあげ。疾風は、はやて、はやち。凜々は、きりりと勇まし。浪費は、むだづかひ、つひえ、などと用いますが、一首は引き締まった語感の漢語を多用し、現代に生きる人間の思考を端的に象徴しています。

かなしみのきわまるときしさまざまに**物象**顕（た）ちて**寒**（かん）の虹ある　坪野　哲久

かなしみに押しつぶされたときに心をいやしてくれた寒の虹を現代かなづかいで詠んでいます。

「物象（ぶっしょう）」と「寒」が漢語です。「物象」の音調は上の句のゆるやかなリズムを急速に力強いリズムへ転換し、「寒」の「カ」音は初句「かなしみの」の「カ」音とも力強く重なり、結句を際立てる効果を上げています。寒の虹が厳冬の万象を象徴する作品です。なお、「顕（た）つ」は国語辞典の表記にはありませんが、「歌語」として時に使われています。

赤光（しやくくわう）のなかの歩みはひそか夜の細きかほそきこころにか似む　斎藤　茂吉

歌集『赤光』の題名になった短歌です。この歌の少し後にはつぎの短歌が載っています。

赤光（しやくくわう）のなかに浮びて**棺**（くわん）ひとつ行き遥（はる）けかり野は涯（はて）ならん　斎藤　茂吉

「赤光」は漢語です。この言葉について作者は歌集の巻末でつぎのようにのべています。

『「赤光」といふ名は仏説阿弥陀経から採ったのである。……略……予が未だ童子の時分に遊び仲間に雛法師が居て仕切りに御経を暗誦して居た。梅の実をひろふにも水を浴びるにも「しやくしき、しやくくわう、びやくしき、びやくくわう」と誦して居た。「しやくくわう」とは「赤い光」の事であると知ったのは東京に来てから、多分開成中学の二年ぐらゐの時、浅草に行って新刻訓点浄土三部妙典といふ赤い表紙の本を買った時分のころである。……略……』

幼い耳がとどめた「赤光」という音調のよい漢語は、歳月を経て短歌に採用されたのでした。一首目、初句に据えられた「シャクコウ」の硬質な語感は、あとの和語の語感と組み合わされて緊張感をひときわもたらします。二首目では第三句の「棺」という漢語と呼応し、気魄のあるリズムを生じます。また「赤光」の漢字表記は、落日の赤い光を鮮明にイメージします。

硬く強いひびきをもつ漢語を、伸びやかなリズムの和語の中に用いた場合、音調が強められ、表現の領域をひろげます。つぎに漢語を用いている短歌を上げます。

舌根が塩に傷つく沖にまで泳ぐともわれはけだものくさく　春日井　建
星月夜洗い髪風に流しつつわれも小さき発光体となる　根田　淑子
かきくらし雪ふりしきり降りしづみ我は真実を生きたかりけり　高安　国世
しらじらと水の面を水搏ちてかへらざれかの淡き楽欲(げうよく)　高嶋　健一
戦ひを経てこしゆゑに言論をしひたぐる力をもつとも憎む　岡野　弘彦

「舌根」「発行体」「真実」「楽欲」「言論」が漢語です。「楽欲」は仏語で「ギョウヨク」と発音し、願い望む心、欲望の意です。

◆雅語と古語

雅語は主に平安時代の和歌に用いられた、洗練された優美な和語で、雅言ともいいます。高貴な平安の宮廷人が綴った雅語は、古語として現在にも伝わり、みやびやかで、しっとりとした気分と快いひびきをもたらします。古語は古事記や万葉集など古代より伝わる古典に用いられた言葉です。朴訥で簡明な気分と荘重なリズムをもたらします。

雅語と古語は現代の文章には殆ど用いられない死語ですが、短歌や俳句に適切に用いた場合、効果が上がります。まず雅語を使った作品を上げます。

咲きなびく砂ずりの藤の**百千**(ももち)房をとめは匂ふ髪触(ふ)りて行く　前川佐美雄

「百千」が雅語です。たくさんの鳥、いろいろの鳥を「百千鳥(ももちどり)」と述べるような常套語で、今は死語です。

例歌では「藤の百千房」と藤の花房の修飾に用いていますが、「咲きなびく砂ずりの」と目を確かに働かせた描写により、単なる修飾を超え、常套語・死語を詩語によみがえらせています。

詩語とは、言葉がもつ意味という知的な働きと、ひびきという情緒的な働きとがかよい合い、鮮烈な詩情とイメージをあらわす言葉をいいます。

蹠(あなうら)がわれを離れて漂ふと思ふまで**たゆし**夜のほととぎす　石川不二子

一灯の一朱を含むやさしさに雪の街棲なほ**いとほしむ**　斎藤　史

山白き高山国ぞ水田にはまだ**いとけなし**今年の稲の　宮　柊二

林間の落葉あたたかくゆく路はふた岐れしてこころ**いざなふ**　川島喜代詩

いぬふぐり瑠璃の小花の**ささめき**の滾々(こんこん)として春はきざせり　杜澤光一郎

「蹠(あなうら)」「たゆし」「いとほしむ」「いとけなし」「いざなふ」「ささめき」が雅語です。

次に古語を使った短歌を上げます。

くるしきとき**まなうら**の**夫**(つま)みつめゐるわが眼よりいつわれは脱れむ　森岡　貞香

「まなうら」「夫(つま)」が古語です。苦しいとき私は目に焼きついている生前の夫に縋ろうとする、ひとりだちの生活をすべき自我の確立はいつなのか、と自問自省している作品です。「まなうら」「夫」という現在使われない死語が「わが眼よりいつわれは脱れむ」の下の句により、詩語となりました。

生くる四囲**なべて**を絶てる**きりぎし**のごとき夜をあり人は叫ばず　近藤　芳美

「なべて」が雅語、「きりぎし」が古語です。切り立った崖が人のまわりをかこみ、すべてをさえぎっている暗い夜に、人は何も言おうとしない、と閉塞の時代を詠んでいます。「なべて」「きりぎし」の死語が、「生くる四囲なべてを絶てるきりぎしの夜をあり」という高度な言葉のあっせんで詩語となっています。戦前戦後を通し、作歌態度の基底に良識を失わない姿勢を感じる作品です。

つぎに雅語と古語を用いている短歌を上げます。

我が開く**掌**(たなごころ)にさし来たる**天**(あめ)の光は**愛**(かな)**しきろかも**　窪田　空穂

これやこの一期(いちご)のいのち**炎**(ほむら)立(だ)ちせよと迫りし**吾妹**(わぎも)よ**吾妹**　吉野　秀雄

ありありて髪にやどれる月しろの死して会ふべき父ははあれば　築地　正子

あたためしミルクがあまし**いづくにか**最後の**朝餉食(は)む**人もゐむ　大西　民子

夜桜の闇に子供を盗られさう囁(ささや)く妻の**かんばせ**白し　柴田　典昭

罌粟ひと粒塡(う)め焼きしむるわが胸は**狂(た)ぶ**れむほどの**邃(ふか)**みにありぬ　春日真木子

「掌」「天」「愛しきろかも」「これやこの」「炎」「吾妹」「ありありて」「やどれる」「月しろ」「いづくにか」「朝餉」「食む」「かんばせ」「狂(たぶ)る」などが雅語、古語です。このほかにも「熟睡(うまい)」「礼(ゐや)」「現(うつつ)」「顔(かんばせ)」「段(きだ)」「籠居(こもりゐ)」「隠沼(こもりぬ)」「離(さか)る」「肌(はだへ)」「含(ふふ)む」「熱(ほ)めく」「転(まろ)ぶ」「見放(みさ)く」など、短歌には数多く用いられます。

◆口語・俗語・方言

口語は日常話すときに用いる言葉です。ふつう短歌の用語は書き言葉の文語を用いますが、最近、一部分に口語を取り入れる短歌が見られるようになりました。

虫食いのみどりも共にきざむなり冬の蕪よ**良くきてくれた**　坪野　哲久

疲労つもりて引出ししヘルペスなりといふ　八十年生きれば　**そりやぁあなた**　斎藤　史

いづこかへ歩みはやめてゆく母よ　**そんなに急いだら追ひつけないでせう**　志野　暁子

三首とも結句の「良くきてくれた」「そりゃぁあなた」「そんなに急いだら追ひつけないでせう」が口語です。一首目では農薬の散布されていない蕪を喜ぶ心はずみが出ています。二首目で八十年間を風雪に耐えてきたしたたかさが滑稽な俗調で見事に表現されています。三首目では、老いた母をいたわって呼びかける切なさが滲み出ています。

「嫁さんになれよ」だなんてカンチューハイ二本で言ってしまっていいの　俵　万智

短歌を読んだことのない人もおそらく知っている作品でしょう。ライトヴァースの評言ができたように、若者の日常会話でプロポーズのやりとりを詠んでいます。

前掲三首とこの一首に共通していることは、自分の思いを述べるモノローグ（独白）ではなく、相手に呼びかけたり、話しかけたり、挨拶したりする、ダイアローグ（対話）の構成であることです。口語を用いる場合の有効な方法といえます。

遺棄死体数百（すうひやく）といひ数千（すうせん）といふいのちふたつをもちしものなし　土岐　善麿

上の句は新聞の記事か世評を引用した口語体です。下の句は文語体で上の引用句を知的に批判しています。このように口語体の引用句を定型にうまくのせると表現に幅が生じます。第三句を二音字余りの七音にして引用句を強調し、下の句の文語で一首のリズムを引き締めています。

俗語は日常語のもっともくだけた物言いです。

鼠の巣片づけながらいふこゑは「ああそれなのにそれなのにねえ」　斎藤　茂吉

この短歌を収めた歌集に作者は「昭和十二年支那事変が起り、私は事変に感動した歌をいちはやく作つてゐる……略」と巻末で記し、また「即興即事の歌、註文に応じた歌、手紙ハガキの端に書いた歌等に至る迄、見つかったものは全部収録することにしてしまった……略」とも記しています。「ああそれなのにそれなのにねえ」は「空にゃ今日もアドバルン」ではじまる昭和11年の流行歌の繰り返し部分です。交戦気分の昂まりつつある時に、作者が流行歌に滲む厭戦気分にも敏感だったことがうかがえます。

方言は明治に定められた標準語よりもずっと昔から一地方のみで使われている言葉です。

亡き姉よ浮き世の冬は早くして雪ばんばあがもう踊れるよ　山崎　方代

山崎方代は甲府盆地の南部、御坂山の北面に添って東西にのびる曽根丘陵の右左口に生まれ、母が亡くなったあと、父と二人で二十歳ほど年のちがう横浜の姉のもとに身を寄せました。その姉は方代の母親代わりでもあったのでしょう。浮き世のむごい寒さを「雪ばんばあが踊る」

という方言を用いて、姉に呼びかけ、うったえながらも、甘えています。

口語・俗語・方言を用いている短歌を上げます。

さみしさをあらはにみせてゐるだらうわたしの背をみないで欲しい　岩田記未子
サバンナの象のうんこよ聞いてくれだるいせつないこわいさみしい　穂村　弘
バック・シートに眠っていい　市街路を海賊船のように走るさ　加藤治郎
然ういへば今年はぶだう食はなんだくだものを食ふひまはなかつた　奥村晃作
概念を重たく被り耐えているコンイロイッポンシメジがんばれ　渡辺松男
だまつて目をつぶつてあげます君の仕打ち冬の水こぼるる音しづかにて　北沢郁子
牛肉をさばきてあればしかばねの冷たき組織は痛えとこそいへ　島田修三

前三首が口語歌です。四首目の三句、「食はなんだ」は方言というより俗っぽさがうまく出ているといえます。五首目は口語脈の歌、六首目は口語と文語の混じった歌と言えます。七首目は文語脈で通してきて、結句で一転、「痛え」を挿入して一首をゆさぶっています。

正岡子規が明治31年に「用語は雅語俗語漢語洋語必要次第用ふる積り」と主張したことにより、服部躬治が安房の方言を採り入れて作歌するなど、雅語を最もよいとするこれまでの狭い作歌態度から脱け出して、現在の短歌の基礎が作られるようになったことは有名です。

口語・俗語・方言は、私たち現代人の心理や日常生活・習慣、また地方色をいきいきと表現できる言葉ですから、通俗にならないように注意して用いれば、短歌に新境地をひらく可能性があります。

◆畳　語

同じ単語を重ねて、一つの単語になった複合語をいいます。畳語は意味を強めたり、動作・作用・状態の反復や継続などを表わしたりします。

ふかぶかと桜枯れゆき**ふかぶか**と子は生まれ来ぬ　家の息づき　　奥田　亡羊

「ふかぶか」が畳語です。異なる二つの事象に同じ語をかぶせて対比を明らかにしています。

のびのびと白き肢体の着物かふる妻を臥す吾の魂(たま)澄みて見る　　伊藤　保

「のびのび」が畳語です。妻が着物を替える姿を病に伏している作者が凝視している光景を詠んでいます。伊藤保はハンセン病とたたかいながら作歌をつづけた歌人です。「のびのび」がなおさら痛切に思えてきます。

家の内にありて**たまたま**おそろしく**ゆさりゆさり**とわれゐたる地上　　片山　貞美

「たまたま」と「ゆさりゆさり」が畳語です。たまたま家の内にいるときに地震が起きたのでしょう。ゆさりゆさりと家が揺れている。家が揺れているということは地上が揺れているのだと改めて認識したことの気づきを作者は表現しているのです。

人々の憩ひの側を過ぎゆくといとまはしばしありて短き　清原　令子
吾が前の**木々**吹き過ぐる一片の風とおもへば全山ひびく　田野　陽

前の二首はそれぞれ「人々」「木々」が畳語です。名詞を繰り返すことによって複数を表わす役割も畳語にはあります。

さらに「畳語」の展開系のような反復が一首全体に効果を及ぼす例があります。

ドラゴンも**あかきあかき**陽に照らされて下まぶたからつむる夕暮れ　井辻　朱美

「あかあか」という一語とこの「あかきあかき」を対比してみてください。赤さがよりしっかりと伝わってきませんか。

幼な子の未来思へば優しさの**ひろごりひろごり**泉のごと　国見　純生

「ひろごりひろごり」は口語で言うところの「ひろがり」です。幼な子に対する作者のあふれる優しさと幼な子の未来の無限なるひろがりが感じられます。

石を投げ石が消えゆくところまで歩いてみよう　それから　それから　　間　ルリ

「それから　それから」は現在以降の変転を暗示します。同じ語の畳みかけは、短歌に全体的なリズムを効果的に表わします。

こごえ死ぬこごえ死ぬてう川風に打たれて歌う昼顔の花　　福島　泰樹

をりをりに心を占むる哀楽の機微の**おもしろ**生の**おもしろ**　　桑原　正紀

海ひかる海が光るとカフェの窓に見たのはいつか今日も**海ひかる**　　小谷　博泰

細胞をあふれし水の出口なく点**滴、滴、滴**　等間隔に　　久我田鶴子

空(あ)きと読み空(むな)しとよみて**空つぽ**の空　真つ青な**空(くう)**を満たせり　　古谷　智子

それぞれに寄せる作者の思いはさまざまです。作品ごとに効果を味わってみましょう。

◆擬態語・擬声語

擬態語は事物の状態をそれらしく写す言葉です。擬声語は事物の音声・響きなどをまねて作った言葉です。

鶏ねむる村の東西南北に**ぼあーんぼあーん**と桃の花見ゆ　　小中　英之

ぐらぐらと揺れて頭蓋がはずれたりわれの内側ばかり見てゐて　奥村　晃作
ふるふると身にくれなゐの渦まけり心を撚りてわがたたむかな　春日真木子
桃の尻ならぶやうなるシンハラ語**ぷるぷる**たのし駅の掲示板　北神　照美
口移しされしぬるきワインが**ひたひた**とわれを隈なく発光させる　松平　盟子
バッサバッサと書類を捨てる心地よさ転職決めし週明けの朝　井上孝太郎
女護島（にょごのしま）に俺が渡ればいっせいに白き日傘の**ばばば**と開く　奥田　亡羊

「ぼあーんぼあーん」「ぐらぐら」「ふるふる」「ぷるぷる」「ひたひた」「バッサバッサ」「ばばば」が擬態語です。説明しなくてもそのイメージが読者にひろがってゆくのを感じるでしょう。作品を映像化する助けにもなるのが擬態語なのです。六首目の「ひたひた」は何か危険が迫っているような緊迫感とその危うさを作者が期待しているようにも読める不思議な効果を生み出しています。「バッサバッサ」「ばばば」は動作の勢いを表現しようとしています。

土鳩は**どどっぽどどっぽ**茨咲く野はねむたくて**どどっぽどどっぽ**　河野　裕子
ひばりひばり**ぴらぴら**鳴いてかけのぼる青空の段直立（すぐた）つらしき　佐佐木幸綱
ぴしと鳴る林檎の中の雪の水全東北は雪ぞと思ふ　馬場あき子
図書館の一隅（いちぐう）少女だしぬけに嚏（くさめ）ひびかす**スイッチョン**、**スイッチョン**と　小池　光

春風が吹けば裏木戸鳴り始む**あばんぎゃるどあばんぎゃるど**　三井　修

お陀仏をしさうな古きプリンタが**ぎやーていぎやーてい**紙を吐きをり　井上美津子

「どどつぽどどつぽ」「ぴらぴら」「ぴし」「スイッチョン」が擬声語です。土鳩の鳴き声をどっぽどどっぽ、ひばりの鳴き声をぴらぴら、と独特な表現の擬声語が際立ちます。さらに、リンゴの中の水音を、ぴしと鳴るとは雪のイメージが鮮やかな擬声語です。一方で、「あばんぎゃるど」や「ぎやーていぎやーてい」は、音の描写を少々デフォルメしてして、奔放自在に「前衛」や「般若心経」に連想を飛ばしています。

「擬態語・擬声語は日常よく使う「にこにこ笑ふ」「しとしとと降る」などの用法よりも、自分独得の表現を用いることが必要です。

◆枕　詞

枕詞は一定の語句の上につけて修飾したり、句調をととのえたりするのに用います。口誦(こうしょう)時代に一定の語句を引き出す役目をしたものだといわれます。

あぢさゐの藍(あゐ)のつゆけき花ありぬ**ぬばたまの**夜**あかねさす**昼　佐藤佐太郎

ぬばたまの夜の時雨が洗ひたる月かがやけりまなこしむまで　造酒　廣秋

「ぬばたまの」「あかねさす」が枕詞です。「ぬばたまの」は「ぬばたま」が黒い珠、または黒いヒオウギの実を表わすことから、黒・夜・宵・闇にかけ、夜に関係ある夢・月などにもかけます。「うばたまの」や「むばたまの」という言いかたもあります。

うばたまの鴉一羽がうかねらふゴミ置き場向ひの電柱のうへ　長谷川と茂古

「うばたまの」は黒い鴉にかかります。「うかねらふ」は「うがって狙う」という意です。「あかねさす」は太陽が茜色に照り映えることから日・昼・照るにかけ、また茜色が美しいので君にかけ、紫の色と似ているので紫にかけます。枕詞は次のような使いかたもします。

あかねさすひかりに出でて死にたりしかの髪切蟲(かみきり)を父ともおもへ　小池　光

あかねさすさふらん色のさみだれの脚のほそほそささやきやまぬ　佐藤　弓生

前者は「あかねさす」は単なる修飾ではなく、茜色に美しくさす光に出でて、と意味を重んじた用法にしています。後者もまた単なる修飾でなくイメージをふくらませています。

うつそみの人なる我はその胸に耳当てて鼓動感じてみたし　河路　由佳

うつそみのいのち一途になりにけり生(あ)れまく近き吾子を思へば　五島美代子

「うつそみの」が枕詞です。一首目は「人」に、二首目は「いのち」にかけています。「うつそみ」は「現(うつ)し臣(おみ)」の約(つづ)まった言葉で、古事記では臣は姿の見えない神に対し、目に見えるこの世の人をさしました。それが万葉集で「現そ身」「現せ身」となり、生きている人間、人の世、現世を表わし、古今集になると生命の短い蟬の意も表わして短い命や、はかない人生もいい、新古今集では蟬の抜け殻の「空蟬」を当て、はかないという意から「むなしき」にかける枕詞へと変化しました。

さらに江戸時代には「うつしみ」としてこの人間世界に生きている身の意味を表わしました。

うつしみの人皆さむき冬の夜の霧うごかして吾があゆみ居(ゐ)る　佐藤佐太郎

この短歌では「うつしみの」として意味を大切に用いています。現在は「うつそみの」「うつせみの」「うつしみの」を命・世・人・身にかける枕詞としています。

たらちねの母をあづけて久々の旅に出でけり二泊の三日　青木　春枝

たらちねの母身罷りて三十年独りし生きて腰を患ふ　利根川　発

「たらちねの」が枕詞、母にかける枕詞として万葉集に既に用いられています。足乳根、垂乳根の漢字を用いて乳房の垂れた女の意から、母にかけるというのは後から付けられた解釈ともいわれます。現在は「たらちねの」を母・親にかける枕詞としています。

のど赤き玄鳥(つばくらめ)**ふたつ**屋梁(はり)**にゐて足乳根の**母は死にたまふなり　斎藤　茂吉

母の死を詠んだ絶唱の一首です。

これまで上げた枕詞は、意味を表わして一定の語句を修飾するものです。このような枕詞に次のものがあります。

たまきわる命の証しぞ二重なる螺旋構造果つる**こと**なく　本木　巧

「たまきわ（は）る」が枕詞、命・世・内・心・うつつ、などにかけます。魂極まる、魂刻むの意から人間の一生を表わすといいますが、ここでは「二重なる螺旋構造（遺伝子）」につなげています。

むらぎもの心はたのし朝あさを掃きあつめたる**落葉**の彩に　森山　晴美

むらぎもの心抱えて乗りかえる**大手町**には深き闇あり　田中　拓也

「むらぎもの」が枕詞で、心にかけます。「むらぎも」は群がる臓のことです。古代日本人は内臓、ことに心臓で心が働くと考えました。

福島に生まれしわれは**あらがねの**土の産んだる言葉を勦ふ　　本田　一弘

「あらがねの」は土にかけます。ここでは、郷土を主題に設定しています。
このほかに意味をあらわす枕詞の主なものを上げます。

あらたまの（新玉の）――→年・月・日・春
いさなとり（勇魚取り）――→海・浜・灘
かぎろひの（陽炎の）――→春・燃ゆ・ほのか
くさまくら（草枕）――→旅・ゆふ・かり・むすぶ・露
さばへなす（五月繩なす）――→わく・騒ぐ・荒ぶる・悪し
しろたへの（白妙の）――→雪・雲・波・衣・袖・月の光
たまのをの（玉の緒の）――→長し・短し・絶ゆ・乱る
ひさかたの（久方の）――→天・空・光・月・雲

次に地名にかける枕詞を上げます。

灯ともして引き込み線を行く車両**さねさし**相模しんしんと秋　　野地　安伯

「さねさし」が枕詞で、地名相模（さがみ）（神奈川県に属する東海道の一国）にかけます。かける意味は未詳ですが古事記に用いられており、「さ」は接頭語、「ね」は嶺、「さし」はそばだつ意の「山が険（さが）し」と同音からともいいます。前掲歌はサ行音を多用して、心に鋭くひびくリズムとなっています。

地名にかける枕詞としてよく用いられるのは、次のようなものです。

あをによし（青丹よし）──→奈良
うち寄する（打ち寄する）──→駿河（するが）
うまさけ（旨酒）──→三室（みむろ）・三輪（みわ）
さねさし──→相模（さがみ）
しなさかる──→越（こし）
しらぬひの（白縫の）──→筑紫（つくし）
たまもよし（玉藻よし）──→讃岐（さぬき）
とぶとりの（飛ぶ鳥の）──→飛鳥
ともしびの（燈火の）──→明石
ほしづきよ（星月夜）──→鎌倉
みすずかる（水すず刈る）──→信濃
やくもたつ（八雲立つ）──→出雲

次に同音によってかける枕詞を上げます。

ちちのみの父とかの世にいかに添ふむらさき愛でし**柞葉の母**　浜口美知子
星のゐる夜ぞらのもとに赤赤と**ははそはの**母は燃えゆきにけり　斎藤　茂吉

「ちちのみの」は父にかけ、「ははそはの」は母にかける枕詞です。

「ちちのみ」はちちの実、乳の実と書き、銀杏の実とも無花果（いちじく）の実ともいいますが、特に意味とは関係なく、最初の二音チチが父と同音のために用いられたものです。

「ははそは」は「柞葉」と書いて、ナラやクヌギなどのブナ科の落葉喬木の葉をいいます。しかし特に関係なく、最初の二音ハハが母と同音のために用いられたものです。

同音から用いられる枕詞に次のものなどがあります。

あはしまの（粟島の）→逢（あ）はず
いなぶねの（稲舟の）→否（いな）
うきくさの（浮草の）→浮き
さゆりばな（小百合花）→後（ゆり）（のち。のちほど。将来）
つがのきの（栂の木の）→つぎつぎ
ふかみるの（深海松の）→深む
まつがねの（松が根の）→待つ
ゆふづつの（夕星の）→夕べ
をしどりの（鴛鴦）→惜し

枕詞は一定の語句を引き出すための、前置きの言葉として用いられるわけですが、多くの枕詞が五音からできているため、韻律をととのえる上からも有効な言葉です。

歩道橋したたり落つる**ひさかたの**春のひかりは撥音をもつ　坂井　修一

春の夜の夢ばかりなる枕頭に**あっあかねさす**召集令状　塚本　邦雄

一首目は、枕詞「ひさかたの」を春のひかりにかけて「ヒ」音を重複し、さらに春のひかりは撥音とハ行音を三回も重ねて、韻律の効果を上げています。二首目は、枕詞「あかねさす」を、日本の軍隊に強制的に召集した令状「赤紙（あかがみ）」を想い起こす仕組みにし、「あっあかねさす」と驚がくの「ア」音を重ね、絶妙な技巧を用いています。

◆季　語

季語は**俳句**に用いられる言葉です。春夏秋冬おりおりの季感をあらわすため、長い歴史のなかで庶民の生活から詩趣のあるものが選ばれ、洗練されて、俳句の季語となりました。季語を集めた**歳時記**には、春、夏、秋、冬、新年の自然から生活、行事、動・植物などまで、あらゆる事柄が季節の感じを短い言葉に要約されて収録されています。

季語の起源は和歌の題詠に遡り、花、月、雪、ほととぎす、紅葉などの**題詠歌**が古今集以来の勅撰和歌集に収められています。その題が連歌から俳諧の季題（季語）へと継承されたものです。明治27年佐佐木信綱撰のアンソロジー『明治歌集』にも新年、立夏霞、卯花、新樹露、七夕、初冬、雪中歳暮などの題で詠まれた短歌がのっています。

短歌は俳句のように季語を用いる約束ごとはありませんが、俳句より七・七の二句十四音多いため、季語を自由に取り入れられます。自然を詠む場合や吟行のときなど季語を頭に浮かべると、季節感が盛り込まれ、また事物を象徴させることができます。さらに季語から想像力をふくらませたりすることができます。

きさらぎの海は熾(はげ)しき雪の後またゆたかなる雨となりたり　岡部　文夫
春昼は大き盃　かたむきてわれひと共に流れいづるを　水原　紫苑
ゆく春は鳥の抜毛もかなしきに白く落としてはや飛びさりぬ　前川佐美雄

春の季語を用いた短歌です。「きさらぎ」は如月と書き、小草生月(をぐさおいづき)、衣更着(きさらぎ)などともいいます。草木の萌え出る月、寒いので更に着物を重ねる月、陰暦二月の和名です。「春昼」は明るく、のどかで、のんびりと眠りを誘うような春の昼をいいます。「ゆく春」はまさに春が尽きようとするころ、春が過ぎるのを惜しむ気持ちです。

解け易き雪ふりつもる**春**の芝出でて歌へり幼きこゑに　大野　誠夫
春ふかき母校の裏に青銅の獅子はゆたかに水の束吐けり　高野　公彦

早くとも遅くとも**春**の挨拶のなかに据えられる桜の開花　沖　ななも

ゆすらうめ転がし遊ぶたなごころ**間近き夏**を捉へむがため　綾部　光芳

四首とも春の作品ですが、雪解けから桜の開花、間近い夏すなわち春の終りまで、同じ春でも季節の移ろいを表現しています。

怒りの束(たば)を摑んでついに立ち上るもう一つの**水無月**(みなつき)の生きざま　佐佐木幸綱

水無月の夕焼けのなかわづかづつ坂の向かふへ消えてゆく影　原田　千万

大学の植物園を歩みつつ　**万緑**父のごとくにさびし　佐藤　通雅

どくだみの花のにほひを思ふとき青みて迫る君がまなざし　北原　白秋

旱(ひでり)の土が音なく吸ひつくす雨をふふめる闇甘きかな　石川不二子

夏の季語を用いた短歌です。「水無月」は暑さで水が涸れるため水無月といい、また、青葉の繁る時のため青水無月とも用いられ、陰暦六月の和名です。常夏月(とこなつ)、風待月(かぜまち)、鳴神月(なるかみ)などとも呼びます。「万緑(ばんりょく)」は万目の草木の緑が夏の強い光に映え、青々と目に染みるばかりをいいます。「どくだみ」は梅雨のころ陰湿な地面に繁殖し、赤味を帯びた暗緑色の葉の上に白い十字の芭四片の花弁を多数つづる草、十薬ともいいます。「旱(ひでり)」は極暑に連日の日照りで水が涸れること。草木は枯れ、農作物の被害はいちじるしく、農民の生活を脅かします。

はつなつのゆふべひたひを光らせて保険屋が遠き死を賣りにくる　塚本 邦雄

ガラス戸の向う動かぬ**夏**がみえ起るべき何をわれは待ちいる　平井 弘

一首目は初夏、二首目は真夏です。

颪の夜に木の根天井より垂るる地下室へまよひこむ**きりぎりす**　松平 修文

曼殊沙華のするどき象(かたち)夢にみしうちくだかれて**秋**ゆきぬべき　坪野 哲久

この**秋**の**寒蟬**(かんせん)のこゑの乏しさをなれはいひ出づ何思ふらめ　吉野 秀雄

二尺玉次ぎて爆ぜしめ**花火**師はこころ充ちつつ寥しくあらむ　田谷 鋭

無花果の空はるばると濁るはて沼に灯映す街もあるべし　相良 宏

秋の季語を用いた短歌です。「きりぎりす」は鳴く虫の代表として知られ、いなごに似て緑または褐色をしています。「曼殊沙華」は彼岸花、死人花、天蓋花等々異名が沢山ある秋を代表する花です。「寒蟬(かんせん)」は秋に鳴く蟬のことで、つくつく法師を指します。「花火」は夏の風物詩ですが秋の季語です。「無花果(いちじく)」は晩秋の季語でこの作品の下の句と呼応して淋しい秋を想わせます。

生きていれば意志は後から従きくると思いぬ**冬**の橋渡りつつ　道浦母都子

寒の星氷湖に**沈み映りいる**まぼろしの中風鳴りてゆく　武川　忠一

雪のひかり刃のかげとさし交へば**足袋**はだしに走りし妻を記憶す　森岡　貞香

まかがやく夕焼空（ゆうやけぞら）の下にして**凍らむ**とする湖（うみ）の静けさ　島木　赤彦

風をもて天頂の時計巻き戻す**大つごもり**の空か明るし　永井　陽子

屋根こえてくる**除夜の鐘**映像のなかに打つ鐘ふたつ響（な）りあふ　上田三四二

あたらしき年の晨（あした）に思ふかないまひとつ宇宙あるという説　島田　修二

冬と新年の季語を用いた短歌です。「冬の橋」「寒の星」「雪のひかり」「凍らむとする」いずれも冬の寒さが思われる作品です。「大つごもり」は大晦日、十二月末日。大年、年越し、除夜ともいいます。「除夜の鐘」は年越に煩悩の数だけ打たれる鐘です。「あたらしき年」は新年、年のはじめ。あらたまの年、年明く、年立つなどともいいます。

咲くといふただそれのみに**厳寒**の朝の日ざしのなかの**白梅**　桜井　京子

「白梅」は冬の終わりか春のはじめを思わせます。

季語を取り入れる場合、注意しなければならないのは、陰暦と陽暦の問題です。例えば「如月」は陰暦二月をいいますから、陽暦の二月とは季節感がことなります。陰暦と陽暦には一ヵ月以上のずれがあることです。しかし、「師走」は陰暦十二月の和名ですが、現在は陽暦十二月のこともいいます。

季語を探るとき、日本人が季節と生活のかかわりをいかに密着させていたかよくわかります。現代の生活は自然とのかかわりが薄れていますので、季語を大いに取り入れて季節感を身体に取り戻したいものです。

◆外来語・外国語

グローバル化と言われて久しい現代では、外来語という言葉自体が聞かれなくなり、むしろ外国語という方が自然かも知れません。しかし、外国の言葉を日本語に取り入れたものが外来語ということに変わりはありません。既に日本語に同化したものも多いのですが、短歌表現に欠かせない言葉であることに着目して見ていきます。

ここでは西洋諸国の言葉を主に片仮名によって記す外来語について述べます。

久方（ひさかた）の**アメリカ人**のはじめにし**ベースボール**は見れど飽かぬかも　正岡　子規
紙をもて**ランプ**おほへば**ガラス**戸の外の月夜のあきらけく見ゆ　同

右の短歌の「アメリカ」「ベースボール」「ランプ」「ガラス」が外来語です。

一首目は明治31年「ベースボール」という題で九首作られた冒頭歌です。子規は数え年十九歳（明治18年）のころよりベースボールのキャッチャーをつとめたほど野球好きでした。ベースボールを野球と訳したのは子規だともいわれます。枕詞の「久方の」をアメリカの「アメ」に掛け、戯れ心がうかがえる短歌です。

二首目は結核カリエスで病床に臥していた明治33年の作品です。ランプは明治10年ころから行燈に代わって使われるようになりました。「ガラス戸」は長塚節らが、病に臥す子規に贈ったものです。

子規が「ともし火」「玻瑠」などの用語をやめて、仮名書きでベースボール、アメリカ、ランプ、ガラスとしたのは、新しいもの、新しい言葉に敏感であったと同時に、病床から短歌革新を訴えつづけた意志を実作で確かめたといえます。これによりそれ迄の短歌表現が一気にシンプルになりました。

一つりの**らんぷ**のあかりおぼろかに水を照らして家の静けさ　伊藤左千夫

明治40年の作品です。洪水で床上浸水し、水漬(みづ)く荒屋の片隅に棚のような床を作り、十日余りの水籠り中に作られたものです。左千夫は「らんぷ」と平仮名書きにしています。

明治43年にはすぐれた歌集が次々と出て、外来語を盛んに用いています。

マチすりて淋しき心なぐさめぬ慰めかねし秋のたそがれ　前田　夕暮

人おほきていぶるの隅匙(すみさじ)とりて片目をしかめ**COCOA**(ココア)をぞ吸ふ　与謝野鉄幹

いたく錆(さ)びし**ピストル**出でぬ／砂山の／砂を指もて掘りてありしに　石川　啄木

前田夕暮の歌集『収穫』はマチのほかに、ランプ、マントを使っています。与謝野鉄幹の歌は『相聞』の一首です。「ていぶる」と平仮名を用い、「COCOA(ココア)」と原語に片仮名を振っています。石川啄木の『一握の砂』にはピストル、ナイフ、ストライキ、チャルメラ、ノスタルジャ、キス、コニャック、ハム、サラド、シャツ、ペンチ、マチなど豊富に見られます。

西方(さいほう)に**オレンジ**いろの雲いでて夕ぐれ春の雪はれにけり　金子　薫園

明治44年『山河』所収。あかね色ではなく、オレンジ色という片仮名書きは、画期的表現でした。

北原白秋も短歌に外来語を多く用いています。

楂古聿(チヨコレート)嗅ぎて君待つ雪の夜は**湯沸**(サモワル)の湯気も静**こころ**なし　北原　白秋

大正2年『桐の花』所収。「硝子杯(コップ)」「羽毛襟巻(ボア)」「料理人(コック)」「暖房(ストーブ)」「緑玉(エメラルド)」「洋燈(ランプ)」「石鹸(シャボン)」やクラリネット、ハモニカ、キャベツ、コロロホルム、マントなども見られます。

以下、現代の外来語・外国語を用いた短歌を上げます。

手握りて**びらうど**に似る青梅のかたき弾力を指がよろこぶ　石川不二子

ひらかれし**手術室**(オペしつ)のごと明るくて高速道路の果ての給油所　栗木　京子

一首目はポルトガル語のビロードを「びらうど」と平仮名書きにしてあります。二首目のオペは正確にはオペレーションといいます。日本人は日本語の音韻からテレビジョンをテレビ、デパートメント・ストアをデパート、リハビリテーションをリハビリなどと省略して用いることが好きです。テレビやデパートなどは一般化した言葉になっていますが、オペなどの専門用語は引例歌の「手術」というように、漢字に片仮名を振る表記がわかりやすいといえます。

さらに、ものを表わす外来語はすぐにイメージが湧きますが、意味が幾通りもある抽象語は理解しづらく、まちがえて解釈されることがあります。例えば、

思ひゐし**尊厳死宣言**(リビングウィル)におのが名を書きて静まる夜のありにけり　河野　愛子

リビング・キッチン、リビング・ルームなどでおなじみのリビングlivingは、デッドdead（死んだ、生命のない）の反対語ともなり、生きている・生命ある、という意味に用いられます。

前掲歌には「尊厳死」という漢字に片仮名を振ってあるので、この抽象語は一読して理解できます。

言葉の専門家でもある詩歌の作者は、時代を先取りする外来語を上手に詩語として使いこなしました。

◆術語・専門語

術語とは本来は、学術上で特に限定された意味で使われる語ですが、専門分野の用語もさします。ビジネスやスポーツで使われる語を詠うことによって、その分野の雰囲気やものの見方も取り込まれることから、短歌のテーマを豊かなものにしてくれます。

天蚕糸(てんさんし)吐くあたま、歌を詠むあたま、いずれ貫き　繭透きとおる　齋藤　芳生

フェノールレッドの**培地**のごとき赤き色　仕事終わりの帰りの空に　森垣　岳

細流(リル)あつめ**雨裂**(ガリ)ひらきゆく源頭に降るみづの音待ちてゐるなり　真中　朋久

湿舌がなめゆく土のおもてよりなめくぢ湧きてとどめあへずも　小池　光

卯月には決算額をしめやかに**貸借対照表**(バランスシート)の海に浮かべて　桜井　健司

待ちながら地蔵尊の仰ぐ中空や**弥勒下生**(げしょう)はまだはるかなり　大下　一真

「これ以上言うまでもない」ひづめある**三連音符**は世界を駆ける　井辻　朱美

ためらはず高き**バンケット**に飛び上がるウラヌス号の太き艫(とも)かな　岡崎洋次郎

「天蚕糸」は養蚕の言葉、「フェノールレッド」や「培地(ばいち)」は科学実験での用語、「細流(リル)」、

「雨裂（ガリ）」は地質学の用語、「湿舌（しつぜつ）」は気象用語、「貸借対照表」は財務用語、「弥勒下生」は仏教の言葉、そして「三連音符」は音楽用語です。それぞれが、比喩の中で新鮮に息づいています。「バンケット」は馬術用語で障害の坂、「ウラヌス号」は一九三二年ロスアンゼルス五輪金メダリスト、西竹一の愛馬です。

◆敬　語

古代においては、神や天皇を頂点として身分の上下が明確でありました。そのため身分の低い人は高い人に対して、敬意をもって表現をする習慣が生まれました。それが文章の中に反映され主に手紙文や会話文に使われるようになりました。現代短歌においても親や師など敬意の対象が明確な場合、敬語表現が使われる場合があります。

1 敬意表現の種類

尊敬表現――話し手（書き手）が話題の中の動作をする人に対して敬意を表わす表現。
謙譲表現――話し手（書き手）が話題の中の動作を受ける人に対して敬意を表わす表現。
丁寧表現――話し手（書き手）が話題の内容に関係なく聞き手や読み手に対して敬意を表わす表現。

2 尊敬語の種類

①動詞　行く・来・をり→おはす　言ふ→のたまふ・おほす　着る→めす
聞く→きこしめす　見る→ごらんず　食ふ・飲む→きこしめす・めす
思ふ→おぼす・おぼしめす
②補助動詞　たまふ（四段）・おはす・おはします・ます
③助動詞　る・らる・す・さす・しむ
④接頭語　御……

あきらかに**のたまひ**しかな吾れはもや神にしあらず現(うつ)し人ぞと　岡山　巌
天地(あめつち)のそきへのきはみ征き**ませ**ど相会はむ日のなしと思はず　宮　英子

3 謙譲語の種類

①動詞　行く→まゐる　出づ・去る→まかる・まかづ　をり→はべり
与ふ→たてまつる　言ふ→まうす・きこゆ　聞く→うけたまはる
②補助動詞　たてまつる・まうす

母の名は山崎けさのと**申します**日の夕方の今日の思いよ　山崎　方代
亡き父の気むづかしさを話しあふ人らの中に酒を**いただく**　松村　英一

4 丁寧語の種類

①動詞　あり・をり ↓ はべり・さぶらふ　②補助動詞　はべり・さぶらふ

恋人よわが家といえば杏咲く家の真南おいで**下さい**　藤沢　螢

辛うじて生きて居**ります**重心をうしろへうしろへ朝のたいさう　大山　節子

右のほかにも敬語表現には特殊な表現が色々ありますが、作歌に使う語はそれほど多くないと思います。まずは右にあるような敬語表現に慣れてから、少しずつ特殊な敬語表現を調べてみるのもいいと思います。

◆接頭語と接尾語

接頭語・接尾語は接辞といい、単独に用いられることはなく、必ず他の単語に付けて、語調を強めたり、一定の意味を添えたりするのに用います。短歌はリズムを大切にするため、接辞を付けた言葉を用いて、リズムをととのえることがよく行なわれます。

接頭語

接頭語は他の単語の上に付けて、その単語に一定の意味を添えたり、語調をととのえ、また語勢を強めたりします。

真白羽を空につらねてしんしんと雪ふらしこよ天（あめ）の鶴群（たづむら）　岡野　弘彦

まつぶさに眺めてかなし月こそは全（また）き裸身と思ひいたりぬ　水原　紫苑

冬市にわれあがなへる鬼の面山原の風に付けて**真**向ふ　前　登志夫

雪原の**真**日（まひ）の明（あか）りに舞ひいでて白鷺の群かがやきにけり　木俣　修

「真（ま）」「ま」が接頭語です。「真白羽」はまっ白な羽、純白な羽のことで、「真」は純粋である意を「白羽」に添えます。「まつぶさに」の「ま」は本当・真実などの意を「つぶさ」すなわち詳細に、詳しくに添えます。「真向ふ」は正面に向かうことで、「真」は正確の意を「向ふ」に添えます。「真日」は太陽をほめる言いかたで、「真」は純粋さ・見事さの意を「日」に添えます。

鎌倉や**御**仏（みほとけ）なれど釈迦牟尼（しやかむに）は美男におはす夏木立かな　与謝野晶子

墓原にいくつ灯れる**み**あかしをさらひて夏のはや風が過ぐ　塚本　瑠子

花過ぎし桜ひと木（き）の遠（をち）にして児湯（こゆ）の**み**池の水照（みでり）かがよふ　木俣　修

「御」「み」が接頭語で、「御仏」の「御」は尊敬する意を「仏」に添えます。二首目の「みあかし」は神仏の前に供える灯火のことです。「み池」の「み」は語調をととのえるのに用います。この短歌では「み池の水照」と「ミ」音を重ね、ひびきよくしています。「深雪（みゆき）」「深谷（みたに）」「深山（みやま）」

など、「深」の字を用いることもあります。

寧楽へいざ伎芸天女のおん目見にながめあこがれ生き死なんかも　川田　順

髭を剃り髪をつみたる御顔のあなすがすがと逝きましぬ父　窪田章一郎

「おん」「御」が接頭語で、「目見（まなざし）」「顔」に尊敬する意を添えます。

満月のきたりてわれの夜を照す垂れたる腕はさみどりの莢　岡井　隆

かにかくに旅泊の夜の謐けくて早桃一顆に刃を入れにけり　小中　英之

「さ」が接頭語です。「さみどり」の「さ」は若々しい意を添え、語調をととのえるのに用います。「早桃」の「早」は初生りの意を添えます。他に、「小夜」「小百合」の「小」は語調をととのえるために用い、「狭霧」「狭庭」の「狭」は語調をととのえたり、せまい意を添えたりします。

石の上をさばしる水に鶺鴒の触るる触れざる尾のかなしけれ　雨宮　雅子

「さばしる」の「さ」が接頭語です。万葉集に既に見られ、「走る」の語勢を強めて語調をととのえるのに用います。

相触れて帰りきたりし日のまひる天の怒りの春雷ふるふ　川田　順

相寄らん心ひたすらに拒みつつ背筋いたきまで耐へてゐたりし　尾崎左永子

「相(あひ)」が接頭語です。「相触れて」の「相」は一緒に、共に、二人での意を「触れて」に添えます。「相寄らん」の「相」は互にの意を「寄らん」に添えます。

橋下に死してひしめくひとりひとり面おこし見て**うち**捨てゆきつ　竹山　広

独(ひとり)われ**打**寝ころびて白菖蒲(しろしやうぶ)ひらかむとする花に対(むか)ひぬ　窪田　空穂

ねもごろに**打ち**見仰げばさくら花つめたく額(ぬか)に散り沁みにけり　岡本かの子

われ歌をうたへりけふも故わかぬかなしみどもに**うち**追はれつつ　若山　牧水

「うち」「打」が接頭語です。語勢を強めたり、語調をととのえたりするのに用いますが、打つという動作が勢いよく、瞬間的であることから、「うち捨てゆきつ」の場合さっと、はっと、ぱっとの意を「捨てゆきつ」に添えます。「打寝ころびて」の場合、ぱっと、ぱったりの意を「寝ころびて」に添えます。「打ち見仰げば」の場合、しばしの意を「見仰げば」に添えます。「うち追はれつつ」の場合、何ということなくの意を「追はれつつ」に添えます。

傷あらぬ葩(はなびら)のごとかばはる**うら**がなしさに妊(みごも)りてをり　稲葉　京子

魂よいづくへ行くや見のこししうら若き日の夢に別れて　前田　夕暮

「うら」が接頭語です。「うらがなしさ」はなんとなくかなしい思い、です。「うら若き日」は若く初々しい日、の意です。

「うら」は人に見えない心の内部の意から、「うらがなし」「うら細し」「うら恋し」「うらさびし」というように、「悲し」「細し」「恋し」「淋し」などの言葉に付けて、心の中で、心にしみての意を添える接頭語になりました。それが次第に、なんとなくそのような感じがする、また、そのような感じがする、という意に変化しました。

そらいろの小花にとりかこまれながら電信柱けふも芽ぶかず　花山多佳子

ああ今日も小ぬくき家にかへらなむさびしく一人父の待つなり　新井　洸

「小」が接頭語です。「小花」の「小」は小さい意を「花」に添えます。「小ぬくき家」の「小」はちょっとばかりの意を「温き家」に添えます。この他に程度の少ない意を添える「小雨」、ちょっとした動作の意を添える「小腰」、約の意を添える「小一時間」などの用法があります。

死の側より照明せばことにかがやきてひたくれなゐの生ならずやも　齋藤　史

「ひた」が接頭語です。「直」と書き、一説に「ひと（一）」と同源と言います。「いちず」「ただち」「まったく」などの意味を表し、「ひた照り」「ひた隠し」などの意を表わします。ここの「ひたくれなゐ」は作者独自の言い回しです。この表現により、生命の尊厳を「ほんとうの赤、ほんらいの赤」と迫真的に描き切っています。

生きたまへ刹那刹那の呼気吸気**ひた**目守り(まも)ゐつ生きたまふべし　　宮　英子

これも「ひた」です。「ひた目守り」の「ひた」はひたすら、ひたむき、いちずの状態を「目守り」に添えます。この他に全部、一面、まったくの意を添える「ひた黄色」「ひた黒」「ひた白」などの用法があります。

生きの緒のぬきさしならぬ**濃**紫(こむらさき)明日とはいはず今日の竜胆　　築地　正子

「濃」が接頭語です。「濃紫」の「濃」は「紫」の色が濃厚である意を添えます。「濃」は「濃し（濃い）」から接頭語として用いられるようになりました。このような接頭語を上げてみます。

月射せばすすきみみづく**薄**光りほほゑみのみとなりゆく世界　　小中　英之

東京雑司ヶ谷の鬼子母神で売っている玩具、すすきみみずくを詠んでいます。「薄」が接頭語、「薄し（薄い）」から用いられました。厚みがなくてうすい、色がうすい。さらに、どことなく、なんとなく、ぼんやり、の意を表わします。「薄光り」は、ぼうとした光のことです。

ほのあおく**ほの**くれないの氷塊のうつつほめきて朝光に映ゆ　加藤　克巳
生(あ)るることなくて腐(く)えなん鴨卵(かりのこ)の無言の白の**ほの**明りかも　馬場あき子

「ほの」が接頭語、「仄か」から用いられました。色・光・音・様子などが、ほんのり、かすかに、うっすらとわずかに現われるさまをいい、その内面や背後に大きな、厚い、濃い、確かなものの存在が感じられる場合に用います。

「ほの明り」はほんのりとした明るさのこと、作者は卵の内部に確かなものを感じています。他に「ほの明け」は夜がほのかに明けて白むこと。背後に大きな朝日が感じられます。「ほの暮れ」はうっすらと暗くなったころ、夕暮のうすあかり。背後に濃い闇が感じられます。

身を分けて椿は咲かすくれなゐを**逆**映しつつ沼面に見合ふ　春日真木子

「逆」が接頭語です。椿が自身の音に色を逆さに映しながら水中の像と見合っているようだと見ているのです。

◇おもな接頭語一覧

あひ―相逢ふ　相老う　相搏つ　相抱(かか)ふ
い―い隠る　い照る　い向ふ　い吹く
いく―幾日(か)　幾霜　幾瀬　幾人(たり)　幾夜(よ)
いや―弥青し　弥離(さか)る　弥伸ぶ　弥端(はし)
うす―薄明り　薄曇る　薄暗し　薄紅
うすら―薄ら明り　薄ら日　薄ら闇
うち―打覆ふ　打崩す　打続く　打払ふ
うら―うら恋(こほ)し　うら寂(さ)ぶ　うら清(すが)し
おし―押移る　押照る　押止む　押退(の)く
おん―御姿　御前　御身　御目　御恵み
か―か青　か黒し　か細し　か弱し
かき(かい)―掻抱(いだ)く　かき暗す　掻乱す
かた―片流れ　片靡く　片ほとり　片面(も)
け―気疎し　け寒し　け爽か　気遠し

こ―小汚し　小器用　小走り　小半時
こ―濃あぢさゐ　濃藍　濃緑　濃竜胆(りんだう)
さ―さ青(あお)　狭田　さ乱る　さ揺る　小夜(さよ)
ささ―ささ鳴き　さざ波　ささ濁り
さし―差し透る　差し延ぶ　差し招く
た―た走(ばし)る　たもとほる　た易し
たち―立騒ぐ　立ち直る　立別る
とり―取付く　取繕ふ　取留む　取乱す
ひき―引括る　引絞る　引締む　引添ふ
ひた―直面(おも)　直心　ひた鳴く　ひた吹く
ほの―仄青し　仄暗し　仄見ゆ
ま―真輝く　真紅(くれなゐ)　真水　真澄　真闇
み―み空　み魂　御手　み堂　み冬
もの―もの悲し　物狂ほし　もの恋(こほ)し
もろ―諸声　双蝶　双手　諸寝　諸向き
を―雄心　雄滝　をたけび　雄峰
を―小草　を暗し　小田　小沼　を止む

接尾語

剪毛（せんもう）されし羊らわれの淋しさの深みに一匹づつ降りてくる　中城ふみ子

「ら」「さ」「み」「づつ」が接尾語です。

「羊ら」の「ら」は複数を述べるときに付けます。

「淋しさ」の「さ」は「淋し（淋しい）」という状態を表わす場合に付けます。「さやけさ」「かなしさ」「みごとさ」なども「さやけし」「かなし」「みごとなり」の状態を表わすために「さ」を付けたものです。「少なさ」などは「少なし」の程度を表わすために「さ」を付けたものです。

「深み」の「み」は「深し（深い）」という場所を表わす場合に付けます。「繁み」「浅み」「高み」なども「繁し」「浅し」「高し」の場所を表わすために「み」を付けたものです。「青み」「苦み」「厚み」「あたたかみ」は「青し」という色合い、「苦し」という味わい、「厚し」という程度、「あたたかし」という状態を表わすために「み」を付けたものです。「さ」「み」を付けた言葉は名詞になります。

「一匹づつ」の「づつ」は数量を示す言葉「一匹」の下に付けて、一匹一匹次々に進んでゆくという場合に用います。

死は蹣跚（まんさん）とわれのしりへをあゆみけり朝顔市に晝の燈（ひ）ともる　塚本　邦雄

厨**べ**にうつし世の命せまりたるすっぽんがあはれ足振りてをり　河野　愛子

山鳩の来鳴くあしたをさびしめば春よる**べ**なきわがこころ知る　福田　栄一

「へ」「べ」が接尾語。位置や時間を漠然と述べるときに付けます。「しりへ」は尻の方、尻のあたり。「厨べ」は台所の方、台所のあたり。いずれも位置を表します。「よるべなき」は「寄る辺」つまり寄るところ、頼るものがないという意味です。「いにしへ　往にしへ」「昔へ（いにしへ）」は過ぎ去って遠くへ行ってしまったとき、昔。「夕べ」「春べ」は夕方、春のころ。いずれも時間を表わします。

のどかなる海のあなたの神々も居**処**（ゐど）荒れ崩（く）えてさすらへるらし　成瀬　有

抱かれてなほやり**ど**なきかなしみは汝が眸の中を樹が昏れてゆく　河野　裕子

「処（ど）」「ど」が接尾語。場所、ところを述べるときに付けます。「居処」は居るところ。「やりど」は思いを晴らすところ。「やりどなき」は思いを晴らすところがない、思いを果たせない、という意味になります。「高処（たかど）」「深処（ふかど）」なども用います。

遍路**路**（へんろぢ）を照らして音もなく青き空海（くうかい）のそら、一遍のそら　高野　公彦

「路」が接尾語。道を述べるときに付けます。「遍路路」は遍路をする人が通る道、遍路の道

路です。「山路」「峠路」などとも用います。また、「信濃路」「紀伊路」などは街道や地方を述べるときに付けます。「一日路（ひとひぢ）」「二日路（ふたひぢ）」は行程を述べるときに付けます。

駆け抜くるほかなき四十**路**午後の坂伴いて登りてゆかな　　五所　美子

きょうよりは心して身をいたわらん七十**路**近きわが母のため　　森川　平八

「四十路（よそぢ）」「七十路（ななそぢ）」は年齢を述べるときに付けます。「二十歳」を「はたち」と言うように本来は「四十路」は四十歳、「七十路」は七十歳のことです。最近は四十歳代、七十歳代の意として用いる誤用がみられるので注意すべきところです。

滝の水は空のくぼ**み**にあらはれて空ひきおろし**ざま**に落下す　　上田三四二

自らをたのむ鎚の柄指あとのくぼ**み**に何ぞ匂ひこもれる　　苔口萬壽子

一首目は「み」と「ざま」が接尾語です。「み」は窪い場所を表わす場合に付けます。「ざま」は動作のしかた、様子やその時を述べるときに付けます。「ひきおろしざま」は引き下ろす状態、の意です。

きらら**なす**霜のあしたを明らけくこの生（いき）の緒や白きさざんくわ　　雨宮　雅子

小楯**なす**椿つやつや咲くものをわれにしばしの妄語ゆるせよ　馬場あき子

「なす」が接尾語で、一つのものを他のものに例えて述べる比況の意を添えます。「きららなす」は雲母のような。「小楯なす」は小さな楯のような。

愛するものは触れて苦しむことなかれ地の窪にほのと葦つの**ぐめ**り　稲葉　京子

「ぐめ」が接尾語で、「ぐま・ぐみ・ぐむ・ぐめ」と使いかたで変化します。きざす、含む、意を表わし、「角ぐむ」は新芽が角のように出はじめる。「芽ぐむ」は芽がふくらみ延びる。「涙ぐむ」は涙がこみあげてにじみ出る。「水ぐむ」は水を含む、水っぽくなる意となります。

秘密**めき**妻いふあはれ内職の手袋に血のしみつけしこと　田谷　鋭

「めき」が接尾語で、「めか・めき・めく・めけ」と使いかたで変化し、一見…らしく見える姿を示す。本当に……らしい様子を示す。……らしい音を立てる。……という動作をする。などの意を表わします。「秘密めく」は秘密のように見える態度をし、の意です。「親めく」「罪めく」も同じ用法です。

「春めく」「時雨めく」は本当に春（また、時雨）らしい様子を示す。「そよめく」「ざらめく」はそよそよ（また、ざらざら）と音を立てる。「蠢めく」はむくむくと動く意です。

午後二時にすでに夕やけ**めいて**きて大森山王暮れはじめたり　生沼　義朗

「めいてきて」は「めく」の連用形を音便で「めい」と活用させています。口語的な柔らかさを出しつつ、結句で「はじめたり」と収めています。

花びらはくれなゐうすく咲き満ちてこずゑの重さはかり**がたし**も　小中　英之

「がたし」が接尾語で、「がたから・がたく（がたかり）・がたし・がたき（がたかる）・がたけれ・がたかれ」と使いかたにより変化し、なかなかできない。……したくてもむつかしい。などの意を表わします。「はかりがたし」はなかなか知ることはできない意です。

馬鹿**げ**たる考へかぐんぐん大きくなりキャベツなどが大きくなりゆくに似る　安立スハル

「げ」が接尾語で、外から見るとそのように見える意を表わし、気色・様子・感じ、などに用います。「馬鹿げ」は馬鹿らしく見える様子の意です。また「清げ」は美しそうに見える様子の意です。

水の上はただひろ**ら**にて降りいづる雨明るしと向ひてゐるも　高嶋　健一

「ら」が接尾語で、状態の意を表わします。「ひろら」は広い状態の意です。

厚らかにまた雪を負ふ木となりて椿は立てり夕べを過ぎて　馬場あき子

「らか」が接尾語で、見た目に…であるさまの意を表わします。「厚らか」は見るからに厚みのある様子の意です。また、上の語の意味の度合いをやわらげる使い方として「ぬるらか」「憎らか」などがあります。「らか」の付いた言葉は形容動詞になります。

永久(とわ)の都イスタンブールに**走るさ**にさやけく大き虹の出迎う　栗明　純生

「さ」が接尾語で、動詞の終止形に付いて「……する時」の意を表わします。ここでは「走っている時に」となります。「大き」は旧かなでは「おほき」と書き形容動詞「大きなり」の語幹です。なお、終止形は「大きなり」、連体形は「大きなる」です。形容詞と混同して「大きし」「大きき」とされる例がありますがこれは誤用です。

喰ひつめてきしにはあらず北辺に祖父を呼びしは**一片**の雲　時田　則雄
雁来紅(かまつか)のひと**もと**朱(あけ)に燃ゆるときひとりを呪ひ殺すと思へ　小中　英之
一**枚**の田は一**枚**の雪原の谷のぼりゆく次第にせまく　岡井　隆
若者の聡き心に沁みゆけよ二十年(はたとせ)持ちし戦ひの悔い　岡野　弘彦

シャッターは灰色の舌、野良犬のどこにもいない三十一番街　加藤治郎

「片(ひら)」「もと」「枚」「年(とせ)」「番」が接尾語で、数をあらわす言葉の下に付けます。「片・枚」は薄く平たいもの、「もと」は植物など、「枚」は紙や田畑など、「年」は歳月・年齢を数えるのに、「番」は順序を表わすものに用います。これらは**助数詞**ともいい、日本語ではいろいろな言い方があります。数量を表わすものが基数詞、順序を表わすものを序数詞といいます。

数量を表わすもの……一つ　二枝　三足　四本　五指　六羽　七堂　八日　九度(くたび)　十房(とふさ)　など

順序を表わすもの……第一　二番　三つ目　四号　など

◇おもな接尾語一覧表

—か　幾日　十日(とを)　二七日(ふたなの)　三十日(みそ)

—か（が）　有りか　住みか　奥が

—がかり　親がかり　通りがかり

—がたし　得難し　耐え難し　行き難し

—がち　雨がち　葉がち　病みがち

—がはし　濫(みだ)りがはし　乱(らう)がはし

—がまし　晴れがまし　をこがまし

—がり　妹許(いもがり)　母がり　仏がり

—がる　哀れがる　寒がる　淋しがる

—ぐむ　角ぐむ　涙ぐむ　水ぐむ　芽ぐむ

—ぐるみ　家ぐるみ　町ぐるみ　雪ぐるみ

—け　鉄気(かなけ)　睡気　人け　雪け

—げ　哀れげ　有りげ　寒げ　恥づかし気

—ごと　朝ごと　子ごと　葉ごと　日ごと

—ごろ　切り頃　日頃　夜ごろ
—さ　帰るさ　さやけさ　静かさ　一夜さ
—さし　言ひさし　書きさし　読みさし
—ざし　息差し　枝ざし
—さぶ　翁さぶ　母さぶ　乙女さぶ
—ざま　死にざま　移りざま　うしろ方（ざま）
—すがら　日すがら　道すがら　夜すがら
—だつ　嵐だつ　鱗だつ　紫だつ
—だらけ　傷だらけ　埃だらけ　雪だらけ
—ぢ　家路　奥州路　通路（かよひぢ）　恋路　長路
—て（で）　うしろ手　書手　行手　横手
—どち　親友どち　鳩どち　幼どち
—なす　潮（うしほ）なす　洞（ほら）なす　山なす
—なり　言ふなり　枝なり　弓なり
—ばむ　汗ばむ　老いばむ　散りばむ
—ひら　ひとひら　三ひら

—ぶ　うつくしぶ　おとなぶ
—ぶり　一年振り　飛びぶり　幼ぶり
—べ　沖辺　門辺（かどべ）　机辺　枕辺　炉辺
—まり　十（とを）まり　十日余り（とをかまり）　十年（ととせ）まり二（ふた）つ
—み　青み　甚（いた）み　隈回（くまみ）　降りみ降らずみ
—めかし　今更めかし　古めかし
—めかす　ときめかす　ほのめかす
—めく　嵐めく　他人めく　ほのめく
—やか　きはやか　こまやか　たをやか
—やぐ　たをやぐ　はなやぐ　若やぐ
—ら　赤ら　いづら　子ら
—らか　うららか　きららか　ゆるらか
—らく　語るらく　悔ゆらく　老いらく
—ろ　子ろ　淋しきろ　楽しきろ
—わ　磯曲（いそわ）　浦回（うらわ）　裾わ

◆連語

ふたつ以上の単語が連結し、一つの単語と等しい働きをするものを連語といいます。ただし、二つ以上の単語が結合して一つの単語と同じ働きをもつようになった複合語とは区別されます。連語とは「使われればこそ」固定化したものであって、これの熟知は助詞や助動詞の「使いこなし」を速やかにする「実戦的文法」です。いくつか例を上げます。

みづからの体（たい）のまだらをあやしむか　**ためつすがめつ**猫は舐りぬ　蒔田さくら子

水槽に**ゆきつもどりつ**熱帯魚閉じこめられしものに安らぐ　森　水晶

まふたつに折られたる軀を五十年「大和」は海底の錆びた島山　田村　広志

さなり椿、この一代の絶唱を時代の詩とぞ褒め讃えつつ　福島　泰樹

ここで「ためつすがめつ」「ゆきつもどりつ」「まふたつ」「さなり」が連語です。それぞれ、歌の重要部分をになっています。これで、連語の意味は理解できたと思いますので、ここからは、さらに、短歌の実作という意味合いから、少し立ち入りましょう。

夢路より帰りこよとふコーラスに聴き入るゆふべ　**外はこがらし**　鈴木　絢子

「とふ」が連語です。格助詞「と」と動詞「言ふ」が付いた「といふ」の略です。同様の用

法として「てふ」「ちふ」があります。

優しさをあなたにひとつあげませせう凌霄花のはな地に落ちて　桜木　由香

「せう」が連語です。サ変の動詞「す」の未然形「せ」と意思の助動詞「む」が付いた「せむ」の転です。今の「しよう」に当たります。

春の鳥なくなく浅草花屋敷倒産したることもさびしきろかも　小池　光

この「ろかも」は間投助詞「ろ」と終助詞「かも」の連語で、「……よ」「……なあ」と強い感動を表わします。ここでは第四句の字余りを受けてその感動を強めています。

この二つの例からわかるように、よく使われる「連語」については、品詞への分解はともかく、連語として理解することです。ひとつひとつを品詞に展開して学ぶことが基本ですが、「実戦」という場に立てば、連語そのものに、慣れることの方が、より大切というわけです。この後は、主に助詞にからむ比較的よくみられる連語を紹介します。読みやすく使いやすいので知っておくと便利です。

◇**「かなや」**　終助詞「かな」に間投助詞「や」が付いた連語で、「……よなあ」「……ことだなあ」と感動を 表わします。

つゆあけとなりたる**かなや**桃の木は暑き光に葉をみな垂れて　佐藤佐太郎

はらわたの熱くにがきをまづ啖らひ秋刀魚の命を味は**ふかなや**　島田　修三

一首目は、「つゆあけ」の実感を、二首目は「秋刀魚の命」をしみじみと感じていることが表明されています。

◇**「はも」**　終助詞「は」に終助詞「も」が付いた連語で深い感動・詠嘆を表わします。

修復の唐招提寺より来たり静謐運ぶ障壁画**はも**　小野　雅敏

静謐そのものを運んできた障壁画なのだなあ、と深い感動を表わしています。

◇**「めや」**　推量の助動詞「む」の已然形「め」に反語の係助詞「や」を付けた連語です。「……だろうか、いや……ではない」「……しようか、いや……しない」と、推量の否定を表わします。複雑な心境を簡明に表現できる方法です。

いとけなきめぐしき児等が丹の面の輝く今を貧しと言は**めや**　伊藤左千夫

「今を貧しと言はめや」は今を貧しいと言えるものかと反語を示して終止します。反語とは「貧しいとは言わない」と否定的に問いかえすことです。

◇**「ずて」**　打消しの助動詞「ず」に接続助詞「て」を付けた連語です。活用語の未然形に付けて、その動作・存在・状態を否定して後の語句へ続けます。連語「ずして」、助詞「で」と同じ意味です。

折り畳み傘たたま**ずて**玄関に立て掛けおきぬ師走のはじめ　宇田川寛之

「折り畳み傘を畳まないで」の意です。単に「畳まずに」よりも、「畳まない状態」に力点をおく表現です。

その他、「かや」「めや」「ものかな」「もよ」「ぞや」などがあります。

◆語素と造語

単語を構成する、意味を持った最小の単位を**語素**といいます。造語要素、造語成分ともいい、連語や複合語や派生語の構成要素で、接頭語・接尾語以外のものを指します。

造語とは、新たに造られた言葉を指しますが、基本は、既成の語素の付加や組み換え、転用等により新たに作られた語を指します。従来の語では表し得ないニュアンスを、語に与えることができます。短歌の用語は基本に忠実であることが何よりですが、時には「語彙の工夫・拡大」に意を用いてもいいでしょう。

葉のとぢてほのくれなゐの合歓の花にほへる見れば**幼な夕合歓**　北原　白秋

ずぶ濡れの**心**を素手で絞りたし梅雨の末期の**大夕立**に　結城　文

前者は、ふたつの角度から合歓を具体的に表現しています。結句では「幼な」「夕」とふたつの語素をかぶせてその様子を細密に描いています。後者の「大夕立」は既成語の「大雨（おおあめ）」の「雨」と「夕立」をいわば組み替えた形で、この時期の激しい夕立を表現しています。

金色に緊まりて細く流れゆく俺はいつまで**男歌男**　奥田　亡羊

やさ犬の**やさ犬ごころ**渦まけば手を添えておりその胸元に　依田　仁美

「男歌男」は作者の造語です。「男歌を詠う男」という意味は自明であり、そういう立場の時代背景も背負わせて使っています。「やさ犬」は、やさしい犬、「やさ犬ごころ」ではその犬の心を表わそうと、自前の複合語ともいえる造語を試みています。

◆ルビと当て字

ルビは漢字の読みを示すのに用いる「ふりがな」のことです。外来語でも述べましたように、漢字にルビを振る方法は理解しやすく、また雰囲気を一首に添える効果があります。当て字は意味に関係なく、同じ音の漢字を用いることです。

紫陽花はちひさな**湖**（うみ）よ、きみの声聞こえるやうな朝の散歩道　小林　幸子

「うみ」というとまず「海」を思い浮かべますが「湖」もまた「うみ」です。この位置にあれば、ルビがなくても「うみ」と読む読者も多いと思われますが、作者にはきちんと規定したい思いがあるのでしょう。なお、この作は、読点を入れ、「声がきこえる」の「が」を省略してリズムに気を配っているので、仮にも「みずうみ」と読まれたくなかったのです。

仏蘭西（ふらんす）区古き街路にかなしみのまぎるるごときゆふまぐれあり　島田　修二
檸檬（れもん）絞り終へんとしつつ、轟きてちかき戦前・遥けき戦後　岡井　隆
向日葵（ひまはり）は金の油を身にあびてゆらりと高し日のちひささよ　前田　夕暮

外国の名称を「仏蘭西（フランス）」「亜米利加（アメリカ）」「伊太利（イタリー）」「英吉利（イギリス）」「西班牙（スペイン）」「露西亜（ロシア）」などと漢字表記をしますが、これらは明治時代に作られた当て字です。外国産の「檸檬（レモン）」「朱欒（ザボン）」や「薔薇（バラ）」「向日葵（ヒマハリ）」「咱夫藍（サフラン）」なども当て字です。

現在は動植物の名前を片仮名で記す方法が採られていますが、漢字を使った当て字のほうが、そのものの形や中身を鮮明に思い浮かべられます。前掲歌では当て字にルビを振っています。

トレーラーに千個の**南瓜**（かぼちゃ）と妻を積み霧に濡れつつ野をもどりきぬ　時田　則雄

紅鶴（フラミンゴ）ながむるわれや晩年にちかづくならずすでに晩年　塚本　邦雄
ああ皐月仏蘭西（さつきフランス）の野は火の色す君も**雛罌粟**（コクリコ）われも**雛罌粟**（コクリコ）　与謝野晶子

一首目は、「南瓜」が当て字で、それにルビを振っています。二首目は、鶴に似た羽に紅色がさすフラミンゴを「紅鶴」と表記しています。三首目は、夫鉄幹の後を追って渡仏した時の歌。「雛罌粟（ひなげし）」を「コクリコ」というフランス語のルビにしたことにより、語感がリフレインに乗って晶子の情熱的な思いを表現しています。

明治時代以降は海外の言葉や文化を積極的に取り入れ、それに漢字の熟語（複合語）を考案して当て、わかり易くする努力が行なわれました。現在は片仮名書きのままが多いので、的確な当て字がどんどん作られることも良いのではないかと思われます。

ルビの振りかたをもう少しみてみましょう。

草に土に常に恐れてやすらはぬ蜥蜴は**美し**（は）き尾をひきにけり　斎藤　史
ゆくりなきゲリラ豪雨の**美し**（くは）さにソドムの民はほうと息吐く　小佐野　弾

美しくきれい、という意味の漢字「美」に前の作品では「美し（は）」、後の作品では「美し（くは）」と読みかたの違うルビが振ってあります。「はし」の意味は小さくてかわゆく、きれいだ、また、美しい、うるわしい。「くはし」の意味は美しくすぐれている、と朝日・夕日・山・湖・花など自然の美しさに用います。いずれも和語ですが、漢字の「美」に和語のルビを振ることで、美の意味がひろがってきます。

紅葉(こうえふ)はかぎり知られず散り来ればわがおもひ**梢**(うれ)のごとく**繊**(ほそ)し　前川佐美雄

をはりの**葉昨**(きぞ)の夜散りてはくれんの小さなる木に**朝光**(あさかげ)は愛　小池　光

この国を捨てむとしたる**過去**(すぎゆき)もうつしみ深く紛れゆきたり　道浦母都子

炎天に**白薔薇**(はくさうび)断つのちふかきしづけさありて**刃**(やいば)傷めり　水原　紫苑

「紅葉」は古語の「もみぢ」に漢字の「紅葉」を当てて音読みし、詠み出しを強調しています。「梢」は古語の「うれ」と読み、「繊し」は漢字の「繊」を当てて「ほそ」と読み、細緻であることを表わしています。

「昨」「刃」には古語を正しく読ませるためにルビを振っています。「刃」は「刃(は)」とも読むので特に必要です。「朝光」「過去」は古語に漢字を当てて意味を鮮明にさせ、ルビを振って一首のリズムをととのえています。

「白薔薇」は初句「炎天」と呼応させて音読みし、詠み出しを強調させる用法です。「炎天に白薔薇(しろばら)を断つ」の訓読みと比較してみてください。

ルビや当て字は言葉の意味を多様化させ、リズムをととのえますが、安易に用いたり、無理に用いたりすると見方によっては、一首の品格を下げるように見えかねない場合もあります。例えば、亡父（ちち）・義父（ちち）、亡母（はは）・義母（はは）・継母（はは）、女性（ひと）・女（ひと）、男性（ひと）、娘（こ）・息子（こ）、亡兄（あに）、亡友（とも）、など用いられているのを見ますが、一首全体の成り立ちなど、ルビを用いることの効果をよく考えた上で用いる必要があります。

純潔をつらぬきたるは主義のためにはあらざるよ**彼花**（あやつ）のためよ　福島　泰樹

強引さが独特の味を醸すこともあります。この一首は成功例と言えますが、一方で、安易な使い方には注意が要るという指摘もとどめておきます。

地名や山・川の名称なども特有な読み方をする場合にはルビを振る必要があります。

◆かなづかい・送り仮名

現代かなづかいが昭和21年（一九四六年）に定められる前は「歴史的かなづかい」を用いていました。歴史的かなづかいは現代の発音にはよらず、平安中期以前の文献に用いられた仮名を基準としています。

短歌や俳句の多くの表現は、現在も歴史的かなづかいの文語を用いています。伝統を大切にするというよりも、五・七・五・七・七の五句三十一音や五・七・五の三句十七音という形式が韻律（リズム）を要求し、それに歴史的かなづかいの文語が応じやすいという理由です。

舌つづみうてばあめつちゆるぎ出づをかしや瞳はや酔ひしかも　若山　牧水

旅の歌人であった牧水は酒の歌人でもありました。これを現代語（口語）で三十一音に記すと「舌つづみうてばあめつちゆるぎだすうれしいなあ瞳もう酔っている」などとすると、歌の雰囲気ががらりと変わります。おもしろみがなくなるという意見は少なくありません。それを「ゆるぎ出づ」「をかしや瞳」「はや酔ひしかも」と五音・七音の文語で表現すると独特の短歌らしいリズムが生まれてきます。

短歌や俳句を今も歴史的かなづかいによって文語で書く理由はこのことなのです。

なお、読者の中には、先の口語歌のほうが面白いという意見もあると思います。口語歌や、口語交じりの短歌にも相応のリズムや面白みがあることも付け加えておきます。

現代かなづかいによって文語で書く人もいますが、「舌つづみうてばあめつちゆるぎ出ずおかしや瞳はや酔いにけり」となり、「ゆるぎ出ず（ゆるぎでない）」などと早呑み込みして逆の意味に解釈されるおそれがあります。また、「おかしや」を興味深く賞美する意味のおもしろいなあではなく、怪しい、変だ、不思議だというようにも受け取られ、作者の真意が通らないことが起こります。なお、口語表現でも、こういうケースに限って「出づ」と書く方法を取る人もいます。

◇仮名づかいの基本

仮名づかいは、文章表現のもっとも基本的な部分です。よく知られているところですが、念のために書きます。

旧仮名（歴史的仮名づかい）の場合

いくつかの法則はありますが、基本は**「怪しいと思ったら辞書で確認」**につきます。しかし、きわめて限定的な点はここで覚えてしまいましょう。

動詞の「ゑ」

ワ行下二段活用に登場します。該当するのは**「植う」「餓う」「据う」**の三語で、たとえば未然形は「植ゑず」「餓ゑず」「据ゑず」となります。

動詞の「ゆ」

ヤ行上二段活用に登場します。これに該当するのは**「老ゆ」「悔ゆ」「報ゆ」**三語です。ほかに、ヤ行下二段活用動詞、**「見ゆ」「絶ゆ」「聞こゆ」**などがあります。

次に、現代かなづかい（新かなづかい）と歴史的かなづかい（旧かなづかい）の異なったものを対比して次頁の表にしました。

上段は現代の発音を示し、中段はその新かなづかい、下段はその旧かなづかいになります。

●単音

い	い	石　愛　意図　報いる
	ゐ	井戸　為　違　紅(くれなゐ)　居る
	ひ	思ひ出　恋　貝　費やす
う	う	馬　歌　雷雨　機運
	ふ	買ふ　争ふ　吸ふ　危ふい
え	え	柄　枝　江　役　心得　見えぬ
	ゑ	絵　声　会　回　穢　知恵
	へ	家　前　考へる　帰る
お	お	奥　羽音　起きる
	を	男　青　乙女　嗚咽　香る
	ほ	顔　氷　滞る　直す　大きい
	ふ	仰ぐ　倒れる
か	か	蚊　家庭　休暇　静か
	くわ	火事　結果　花　愉快　生活
が	が	学問　石垣　生涯　岩石
	ぐわ	正月　外国　瓦　画臥　念願
じ	じ	字　初め　自慢　術
	ぢ	女性　地面　直に　恥ぢる
ず	ず	鈴　人数　洪水　物好き
	づ	水　図画　泥む(なづ)　珍し
わ	わ	輪　泡　和紙　乾く　弱い
	は	川　琵琶　回る　柔らか

●長音

おう	おう	応答　欧米
	あう	桜花　奥義　中央
	あふ	扇　押収　凹凸
	わう	王子　卵黄　往来　弱う
	はう	葬る　包囲　芳香　解放
こう	こう	公平　拘束　気候　功績
	こふ	劫
	かふ	甲乙　太閤
	くわう	光線　広大　荒　黄　破天荒
ごう	ごう	皇后

	ごふ	業　永劫
	がう	強引　豪傑　長う
	がふ	合同　飯盒
	ぐわう	轟音
そう	**そう**	僧　総員　競走　吹奏
	さう	さうして　早朝　相聞　草木
	さふ	挿話
ぞう	**ぞう**	憎悪　増加　贈与
	ざう	蔵書　製造　仏像　象
	ざふ	雑煮
とう	**とう**	弟　統一　冬至　東方
どう	**どう**	どうして　銅　童謡　空洞
	だう	御堂　道路　葡萄
	だふ	問答
とお	**とを**	十
	とほ	遠出　遠し　通る
	たう	刀剣　砂糖　峠
	たふ	塔　答弁　出納　舞踏　尊し

のう	**のう**	濃　農業　濃紺
	なう	脳　煩悩　死なう
	なふ	納入
ほう	**ほう**	奉祝　豊年　俸給　霊峰
	ほふ	法会
	はう	葬る　包囲　開放　芳香
	はふ	法律　放り投ぐ　はふはふの体
ぼう	**ぼう**	某　貿易　無謀
	ぼふ	正法　貧乏
	ばう	希望　堤防　紡績　遊ばう
	ばふ	奪ふ
ぽう	**ぽう**	本俸　連峰
	ぽふ	説法
	ぱう	鉄砲　奔放　立方
	ぱふ	立法
もう	**もう**	啓蒙　もう一つ　もう無理
	まう	本望　申す　休まう
ゆう	**ゆう**	勇気　英雄　金融

ゆふ　夕刻
いう　遊戯　郵便
いふ　都邑（といふ）
よう　よう　用　容易　ようございます
やう　太陽　八日　様子　早う
えう　幼年　要領　童謡
ゑふ　紅葉
ろう　ろう　楼閣　披露　漏電
ろふ　陽炎　梟（ふくろふ）
らう　老人　廊下　晴朗
らふ　候　旧臘（きうらふ）　蝋燭

●拗音

きゅう　きゆう　弓術　宮殿　貧窮
きう　休養　要求　丘陵　胡瓜
きふ　急務　及第　給与　階級
ぎゅう　ぎう　牛乳
しゅう　しゆう　宗教　衆知　修了
しう　周囲　晩秋　よろしう
しふ　習得　執着　全集
じゅう　じゆう　充実　従順　臨終
じう　柔軟　野獣
じふ　十月　渋滞　墨汁
じゅう　ぢゆう　住居　国中　重役
ちゅう　ちゆう　中学　衷心　昆虫
ちう　抽出　白昼　宇宙
にゅう　にゆう　乳酸
にう　柔和
にふ　埴生　入学
ひゅう　ひう　日向
びゅう　びう　誤謬
りゅう　りゆう　竜　隆盛
りう　流行　留意　川柳
りふ　建立　粒子　笠
きょう　きよう　吉凶　恐怖　共通　興味
きやう　兄弟　鏡台　経文　故郷

けう　教育　矯正　絶叫　鉄橋
けふ　今日　脅威　協会　海峡
ぎょう　ぎよう　凝集
ぎょう　ぎやう　仰天　修行　人形
げう　払暁　僥倖
げふ　業務
しょう　しよう　昇格　勝利　自称　訴訟
しやう　詳細　商売　負傷　文章
せう　小説　消息　見ませう
じょう　じよう　乗馬　冗談　過剰
じやう　上手　成就　感情　古城
ぜう　饒舌
ぢやう　丈夫　定石　市場　泥鰌（どぢやう）
※「どぜう」は誤り
でう　箇条
でふ　一帖　四畳半
ちょう　ちよう　徴収　清澄　尊重
ちやう　聴取　長短　手帳

銀杏（いちやう）※「いてふ」は誤り
てう　調子　野鳥　朝食　前兆
てふ　蝶
にょう　によう　女房
にょう　ねう　尿
ひょう　ひよう　氷山
ひやう　拍子　評判　兵糧
へう　表裏　土俵　投票
びょう　びやう　病気　平等
べう　寸秒　描写
ぴょう　ぴやう　論評
びょう　ぺう　一票　本表
みょう　みやう　名代　明日　寿命
みょう　めう　妙技
りょう　りよう　丘陵
りやう　領土　両方　善良
れう　寮　料理　終了
れふ　漁　猟

◇送り仮名

夕映を曳きつつ帰り来しごとき夫を迎ふる吾と幼な子　尾崎左永子

「曳き」の「き」、「帰り来」の「り」、「迎ふる」の「ふる」、「幼な子」の「な」は、漢字の読みを明らかにするため、漢字のあとに付ける「送り仮名」です。

短歌のような文学作品では作者独自の個性のある表記ができますが、作品を読んでもらうためには正確でわかりやすい送り仮名の付け方を知る必要があります。

「曳き」の「き」、「帰り来」の「り」、「迎ふる」の「ふる」は、動作を表わす言葉（動詞）が使い方により変化（活用）したため、漢字のあとに送ったものです。

ただし、左に示すものは、変化（活用）する部分の前（――線の部分）から送る例です。

①暖かなり　細かなり　静かなり　穏やかなり　健やかなり　和やかなり　明らかなり　など
②味はふ　哀れむ　慈しむ　教はる　脅かす　食らふ　逆らふ　捕まる　群がる　和らぐ　など
③明るし　危ふし　小さし　冷たし　新たなり　盛んなり　平らなり　懇ろなり　幸ひなり　など

次の言葉は、上と下の両方の表記ができます。

表す―表はす　現る―現はる　行ふ―行なふ　断る―断はる　賜る―賜はる　など

次の——線部分には（　）内の言葉が含まれているので、その送り仮名にしたがいます。
動かす（動く）　向かふ（向く）　浮かぶ（浮く）　生まる（生む）　押さふ（押す）など
読みちがえるおそれのない場合、（　）内のように、送り仮名を省くことができます。
浮かぶ（浮ぶ）　生まる（生る）　押さふ（押ふ）　晴れやか（晴やか）　積もる（積る）　聞こゆ（聞ゆ）　起こる（起る）　落とす（落す）　暮らす（暮す）　当たる（当る）など

前掲の短歌の中に用いてある「夕映」「夫（つま）」「吾」「幼な子」はものの名前をあらわす言葉（名詞）です。「夕映」「吾」に送り仮名は付けていません。ただし、次のような言葉は最後の音節を送ります。
辺り　哀れ　勢ひ　傍ら　幸せ　互ひ　便り　情け　斜め　独り　誉れ　自ら　災ひ　など
動詞や形容詞から転じた名詞や接尾語が付いたものは、もとの言葉の送り仮名の付け方によります。
①　動き　恐れ　薫り　曇り　調べ　願ひ　当たり　群れ　憩ひ　憂ひ　極み　初め　など
②　大きさ　正しさ　確かさ　明るみ　憎しみ　惜しげ　暑さ　重み　など
読みちがえるおそれのない場合、（　）内のように、送り仮名を省くことができます。
曇り（曇）　届け（届）　願ひ（願）　晴れ（晴）　当たり（当り）　問ひ（問）　群れ（群）など
前掲歌の「夕映」は「夕」と「映」の複合語です。「夕（ゆふ）」は名詞ですが、「映（ばえ）」は「映（は）ゆ」という動詞から転じたものです。この歌では「夕映」と表記されていますが、「夕映え」と送り仮名を付ける用い方もできます。通常は次のように、それぞれの送り仮名の付け方によります。

① 流れ込む　長引く　旅立つ　聞き苦し　薄暗し　心苦し　待ち遠し　など

② 墓参り　夜通し　巣立ち　教へ子　深情け　伸び縮み　歩み寄り　長生き　休み休み　など

読みまちがえるおそれのない場合、（　）内のように、送り仮名を省くことができます。

申し込む（申込む）　聞き苦し（聞苦し）　待ち遠し（待遠し）　雨上がり（雨上り）　日当たり（日当り）　入り江（入江）　暮らし向き（暮し向き）　など

または、次のように漢字にルビを振る方法もあります。

後ろ姿―後（うしろ）姿　花便り―花便（だより）　独り言―独（ひとり）言　生き物―生物（いきもの）　乳飲み子―乳飲子（ちのみご）　など

一般に慣用が固定していると認められる次のような複合語には送り仮名を付けません。

博多織　木立　植木　建物
春慶塗　献立　置物　並木
鎌倉彫　物語　織物　吹雪
備前焼　夕立　敷石　行方　など

短歌を書く場合には、漢字と仮名を適度にまじえて読みやすい形に整えることが大切です。

前掲歌の「幼な子」は通常「幼子」と表記します（昭和48年6月18日内閣告示第2号）から、「幼な」の「な」は作者独自の意図にもとづいた送り仮名です。

◆音便

音便とは、本来の発音をより言いやすい音にしようとする便宜のために、活用語中の音が変化することです。左記の四品詞に見られます。古典文法からみるとその表記は、多分に「口語的に」変わるといえましょう。

◇動詞の音便

イ音便　聞きて→聞いて　騒ぎて→騒いで（「騒ひで」ではない。）
ウ音便　呼びて→呼うで　思ひて→思うて（「思ふて」ではない。）
撥音便　飛びて→飛んで　死にて→死んで
促音便　立ちて→立つて　ありて→あつて

ついでながら、「ついばむ」は「突き食む」、「いもうと」は「いもひと」、「こうばし」は「かぐはし」のそれぞれの音便形です。

また、織田信長が桶狭間出陣の際に舞ったとされる、幸若舞「敦盛」も「死なうは一定（いちぢやう）」であって、「死なふは一定」ではありません。これも音便です。

◇形容詞の音便

イ音便　白きかな→白いかな

ウ音便　白くなる→白うなる
撥音便　苦しかるなり→苦しかんなり

◇形容動詞の音便

撥音便　静かなるなり→静かなんなり（短歌ではあまり見られません）

◇助動詞の音便

イ音便　まじき→まじい　べき→べい
ウ音便　まじく→まじう　べく→べう
撥音便　たるなり→たんなり　べかるめり→べかんめり

短歌の実作では、主に動詞に見られますが、特に注意すべきは、「かなづかい」の場面です。紛らわしい例としては、口語の「向かう（動詞）」と「向こう（名詞）」の場合で、文語では表記が変わるので注意を要します。動詞のときは「向かふ」、方向を示す名詞のときは「ウ音便」なので「向かう」と書きます。

短歌の口誦性を思えば、音便はリズムに大いに作用します。作歌に当たっては十分に注意したいところです。

おわりに ――安心と自信とあくなき継続――

短歌の制作と発表は対をなしています。歌を作る楽しみが発表につながると考えるのは自然でしょう。日記に書き留めるのもひとつですが、身近な会での発表から大会への応募、さらには新聞・雑誌への投稿、最終的には歌集にして世に問うことにもなりましょう。

「人前にさらす」のですからそれには相応の心構えが要ります。自作には「攻防両面のチェック」が要ります。まずは「防」すなわち「守り」です。端的にいえば綻びがないことです。基本的には、表記と語法の誤り、つまり、文法上のミスがないことです。この一冊を読めばまずその不安はありません。これが、「安心」です。ただ、それは言ってみれば当然のこと。積極的な側面も必要です。「攻」すなわち「攻め」です。より自身の心情に近く、よりインパクトのある形の模索はなされなければなりません。一つの方法は、豊富な用例に触れることです。本書の例歌を一通りおさえれば質量ともまず十分でしょう。これが「自信」につながります。

「詠むための文法書」には理屈できっちり理解できる記述のほかに、多彩な例を数重ねて納得できる部分が要ります。たとえば助詞「は」と「が」の違いひとつにしても、経験とともに使いこなすという以上に楽しめるような境地になります。そのためには「あくなき継続」が要ります。しばらくは本書を片手に継続、探究の旅を続けてください。

文語動詞活用表

活用形	行	例語	語幹	未然形	連用形	終止形	連体形	已然形	命令形
四段	カ	書く 歩く	か ある	か	き	く	く	け	け
	ガ	漕ぐ 急ぐ	こ いそ	が	ぎ	ぐ	ぐ	げ	げ
	サ	消す 起こす	け おこ	さ	し	す	す	せ	せ
	タ	打つ 保つ	う たも	た	ち	つ	つ	て	て
	ハ	買ふ 思ふ	か おも	は	ひ	ふ	ふ	へ	へ
	バ	飛ぶ 遊ぶ	と あそ	ば	び	ぶ	ぶ	べ	べ
	マ	飲む 勇む	の いさ	ま	み	む	む	め	め
	ラ	散る 光る	ち ひか	ら	り	る	る	れ	れ
ナ格	ナ	死ぬ 往ぬ	し い	な	に	ぬ	ぬる	ぬれ	ね
ラ変	ラ	有り 居り	あ を	ら	り	り	る	れ	れ
下一段	カ	蹴る	○	け	け	ける	ける	けれ	けよ

下二段							
ア	得	○	え	え	う	うる	うれ	えよ
カ	受く 授く	う さづ	け	け	く	くる	くれ	けよ
ガ	遂ぐ 妨ぐ	と さまた	げ	げ	ぐ	ぐる	ぐれ	げよ
サ	失す 寄す	う よ	せ	せ	す	する	すれ	せよ
ザ	混ず 爆ず	ま は	ぜ	ぜ	ず	ずる	ずれ	ぜよ
タ	捨つ 企つ	す くはだ	て	て	つ	つる	つれ	てよ
ダ	出づ 秀づ	い ひい	で	で	づ	づる	づれ	でよ
ナ	兼ぬ 尋ぬ	か たづ	ね	ね	ぬ	ぬる	ぬれ	ねよ
ハ	経 終ふ	○ を	へ	へ	ふ	ふる	ふれ	へよ
バ	食ぶ 並ぶ	た なら	べ	べ	ぶ	ぶる	ぶれ	べよ
マ	染む 改む	そ あらた	め	め	む	むる	むれ	めよ
ヤ	超ゆ 覚ゆ	こ おぼ	え	え	ゆ	ゆる	ゆれ	えよ

下二段	ラ	溢る 恐る	あふ おそ	れ	れ	る	るる	るれ	れよ
	ワ	植う 据う	う す	ゑ	ゑ	う	うる	うれ	ゑよ
上一段	カ	着る	○	き	き	きる	きる	きれ	きよ
	ナ	似る	○	に	に	にる	にる	にれ	によ
	ハ	干る	○	ひ	ひ	ひる	ひる	ひれ	ひよ
	マ	見る	○	み	み	みる	みる	みれ	みよ
	ヤ	射る	○	い	い	いる	いる	いれ	いよ
	ワ	居る 率ゐる	○ ひき	ゐ	ゐ	ゐる	ゐる	ゐれ	ゐよ
上二段	カ	生く 起く	い お	き	き	く	くる	くれ	きよ
	ガ	過ぐ	す	ぎ	ぎ	ぐ	ぐる	ぐれ	ぎよ
	タ	落つ 朽つ	お く	ち	ち	つ	つる	つれ	ちよ
	ダ	恥づ 閉づ	は と	ぢ	ぢ	づ	づる	づれ	ぢよ
	ハ	恋ふ 用ふ	こ もち	ひ	ひ	ふ	ふる	ふれ	ひよ
	バ	伸ぶ 滅ぶ	の ほろ	び	び	ぶ	ぶる	ぶれ	びよ
	マ	恨む 試む	うら こころ	み	み	む	むる	むれ	みよ

上二段	ヤ	老ゆ 報ゆ	お むく	い	い	ゆ	ゆる	ゆれ	いよ
	ラ	下る 懲る	お こ	り	り	る	るる	るれ	りよ
カ変	カ	来	○	こ	き	く	くる	くれ	こ(よ)
サ変	サ	す 察す 命ず 応ず	○ さつ めい おう	せ ぜ	し じ	す ず	する ずる	すれ ずれ	せよ ぜよ

文語形容詞活用表

活用形	語	語幹	未然形	連用形	終止形	連体形	已然形	命令形
ク活用	さやけし	さやけ	く から	く かり	し	き かる	けれ	かれ
シク活用	うつくし	うつく	しく しから	しく しかり	し	しき しかる	しけれ	しかれ

文語形容動詞活用表

活用形	語	語幹	未然形	連用形	終止形	連体形	已然形	命令形
ナリ活用	爽やかなり	さはやか	なら	なり に	なり	なる	なれ	なれ
タリ活用	茫茫たり	ばうばう	たら	たり と	たり	たる	たれ	たれ

文語助動詞活用表

接続分類	種類	基本形	未然形	連用形	終止形	連体形	已然形	命令形	活用型	接続
未然形	自発 可能 受身 尊敬	る	れ	れ	る	るる	るれ	れよ	下二段	四段・ナ変・ラ変動詞の未然形
		らる	られ	られ	らる	らるる	らるれ	られよ		右以外の動詞の未然形
	使役 尊敬	す	せ	せ	す	する	すれ	せよ		四段・ナ変・ラ変動詞の未然形
		さす	させ	させ	さす	さする	さすれ	させよ		右以外の動詞の未然形
		しむ	しめ	しめ	しむ	しむる	しむれ	しめよ		活用語の未然形
	打消	ず	ず ざら	ず ざり	ず	ぬ ざる	ね ざれ	ざれ	特殊 (ラ変)	
	推量	む (ん)	○	○	む (ん)	む (ん)	め	○	四段	
		むず (んず)	○	○	むず (んず)	むずる (んずる)	むずれ (んずれ)	○	サ変	
		まし	ましか (ませ)	○	まし	まし	ましか	○	特殊	
	打消推量	じ	○	○	じ	じ	じ	○		
	願望	まほし	まほしく まほしから	まほしく まほしかり	まほし	まほしき まほしかる	まほしけれ	○	シク活用	
連用形	過去	き	(せ)	○	き	し	しか	○	特殊	活用語の連用形(カ変・サ変動詞には未然形にもつく)
		けり	(けら)	○	けり	ける	けれ	○	ラ変	活用語の連用形
	完了	つ	て	て	つ	つる	つれ	てよ	下二段	

連用形				終止形						体言・連体形			特殊
完了		推量	願望	推量	打消推量	推量			伝聞推定	断定		比況	完了
ぬ	たり	けむ（けん）	たし	べし	まじ	らむ（らん）	めり	らし	なり	なり	たり	ごとし	り
な	たら	○	たく たから	べく べから	まじく まじから	○	○	○	○	なら	たら	ごとく	ら
に	たり	○	たく たかり	べく べかり	まじく まじかり	○	めり	○	なり	なり に	たり と	ごとく	り
ぬ	たり	けむ（けん）	たし	べし	まじ	らむ（らん）	めり	らし	なり	なり	たり	ごとし	り
ぬる	たる	けむ（けん）	たき たかる	べき べかる	まじき まじかる	らむ（らん）	める	らし らしき	なる	なる	たる	ごとき	る
ぬれ	たれ	けめ	たけれ	べけれ	まじけれ	らめ	めれ	らし	なれ	なれ	たれ	○	れ
ね	たれ	○	○	○	○	○	○	○	○	なれ	たれ	○	れ
ナ変	ラ変	四段	ク活用		シク活用	四段	ラ変	特殊	ラ変	ナリ活用	タリ活用	ク活用	ラ変
活用語の連用形				活用語の終止形（ラ変の活用語には連体形）						体言・活用語の連体形	体言	活用語の連体形（＋が）体言（＋の）	サ変動詞の未然形・四段動詞の已然形（サ変・四段の命令形につく説もある）

主要文語助詞一覧表（短歌では使用されにくいものもあります）

種類	語	主なはたらき	接続
格助詞	の	主語、連体修飾語をつくるなど	体言・副詞・助詞
	が		体言・活用形の連体形
	に	連用修飾語をつくり時、場所、動作の対象、受身の相手等を示す	
	を	連用修飾語をつくり動作の対象、目的、起点を示すなど	
	へ	連用修飾語をつくり方向、方角などを示す	体言
	と	連用修飾語をつくる伝聞引用、変化の結果、行為の目的、並列	体言・活用形の連体形
	より から	連用修飾語をつくり時、動作の起点を示したり比較の基準を示したりなどする	
	にて	連用修飾語をつくる種々の意を示す	
	して	連用修飾語をつくり使役の対象を示す等	体言
接続助詞	ば	確・仮定条件（順接）確・仮定条件（逆接）	活用語の未然形・已然形
	と とも	仮定条件、不確定条件（逆接）	動詞の終止形形容詞の連用形など

種類	語	主なはたらき	接続
接続助詞	ど ども	確定条件（逆接）	活用語の已然形
	を	確定条件（逆接・順接）	活用語の連体形
	が に	単なる接続、確定条件（逆接）	
	て	単なる接続など	活用語の連用形
	して	方向を示す、単なる接続など	動詞以外の連用形
	つつ	時間の経過、反復、継続など	動詞型活用語の連用形
	ながら	逆接、事柄の並行など	体言、用言の連用形
	で	打消、単なる接続	活用語の未然形
	ものの ものから ものゆえ	確定条件（逆接）	活用形の連体形
	が	推量・目的	活用語の終止・連体形
係助詞	は	他と区別、指示	種々の語
	も	列挙、強意添加	
	ぞ なむ	強調、強く指示する	
	や か	疑問、反語	
	こそ	強調、強く指示する	

副助詞	だに	軽いものをあげて重いものを類推させる	体言・活用語の連体形
	すら		
	さへ	添加により類推させる	
	のみ	限定	種々の語
	ばかり	限定（大体を限る）	
	など	例示	
	まで	限度、範囲	体言・活用語の連体形
	ほど	程度	
	し しも	強調	種々の語
終助詞	な	禁止、詠嘆	動詞型活用語の終止形
	そ	禁止	動詞の連用形

終助詞	ばや	自己の希望	動詞型活用語の未然形
	なむ	相手への希望、期待	
	が がな	自己の願望	種々の語
	か かな	詠嘆、感動	体言・活用語の連体形
	かし	念を押し意味を強める	動詞の終止形 命令形・助詞 「ぞ」など
	や・よ	詠嘆、呼びかけ	種々の語
	も	詠嘆	
	は		
間投助詞	や		
	よ		

上代（奈良時代の助詞）実作では時に見られます

種類	語	主なはたらき	接続
格助詞	つ	連体修飾語（「の」と同義）	体言
	ゆ・よ	「より」と同義	体言・活用形の連体形
終助詞	かも	詠嘆（〜だなあ）	
	な	希望（〜たい）	活用形の未然形
	なも・ね	他に対する希望（〜てほしい）	

編者略歴

梓　志乃（あずさ しの）1942年 愛知県生まれ
1965年「新短歌」（口語自由律）入会、現在「芸術と自由」発行人。現代歌人協会、日本文藝家協会、日本ペンクラブ、日本短歌協会会員。新短歌人連盟賞受賞。歌集『美しい錯覚』（多摩書房）『阿修羅幻想』（短歌公論社）『風の鎮魂』（東京四季出版）『幻影の街に』（ながらみ書房）他。

石川 幸雄（いしかわ ゆきお）1964年 東京都生まれ
詩歌探究社「蓮」代表。2018年個人誌「晴詠」創刊。2018年日本短歌総研設立に参画。現在、十月会会員、板橋歌話会役員、野蒜短歌会講師、現代歌人協会会員。歌集『解体心書』（ながらみ書房）『百年猶予』（ミューズ コーポレーション）他、評論「田島邦彦研究〈一輪車〉」（ロータス企画室）他。

水門 房子（すいもん ふさこ）1964年 神奈川県生まれ
短歌グループ「環」同人、「現代短歌舟の会」編集委員。十月会会員、千葉県歌人クラブ会員、千葉歌人グループ「椿」会員。歌集『いつも恋して』(北冬舎)。地方公務員。

武田 素晴（たけだも とはる）1952年 福岡県生まれ
「開放区」「えとる」を経て、2020年「余呂伎」短歌会創設。歌集『影の存在』（ながらみ書房）『風に向く』（ながらみ書房）。共著『この歌集この一首』（ながらみ書房）。

依田 仁美（よだ よしはる）1946年 茨城県生まれ
高校時代から作歌「現代短歌舟の会」代表、「短歌人」同人、「金星/VENUS」主将。現代歌人協会員、我孫子市そよぎ短歌会コーディネーター。歌集『骨一式』(沖積舎)、『乱髪 Rum-Parts』（ながらみ書房）『悪戯翼（わるさのつばさ）』（雁書館）。作品集『正十七角形な長城のわたくし』『あいつの面影』『依田仁美の本』(以上北冬舎) 他。

●日本短歌総研は、短歌作品、短歌の歴史、歌人、短歌の可能性など、短歌に関わる一切の事象を自由に考究する「場」として、2017年5月に発足しました。事業展開は、個人毎の自由研究のほか、テーマごとに編成する「研究ユニット」により進めています。

著作：『誰にも聞けない短歌の技法Q&A』飯塚書店
『短歌用語辞典 増補新版』飯塚書店

短歌文法入門 改訂新版

令和2年7月10日　第1刷発行
令和6年3月10日　第3刷発行

著　者　日本短歌総研
発行者　飯塚 行男
発行所　株式会社 飯塚書店　http://izbooks.co.jp
〒112-0002 東京都文京区小石川5－16－4
TEL 03-3815-3805　FAX 03-3815-3810

装　幀　飯塚書店装幀室
装　画　川田　茂（日本短歌総研）
装画撮影　樋口 博典
印刷製本　シナノパブリッシングプレス

ISBN978-4-7522-1044-3　Printed in Japan